KB134374

아픈건 싫으니까 방어력에 올인하려고 합니다.

[글] 유우미칸

[일러스트] 코인

카스미

Kasumi's STATUS

Lv58

HP 435/435

MP 70/70

STR 170]

VIT 80]

AGI 90]

DEX 30]

INT 20]

「……[브레이크 코어]」

이 스킬은 진정한 의미의 자폭 스킬.

몇 초 후, 하늘까지 치솟는 폭염이 메이플과 함께 주인을 불살랐다.

4층 『최강』과의 싸움에서

SKILL   Katana-Arts X / Issen / Kabutowari / Guard Break / Lop Off / Insight /
Encouragement / Offense Stance / Ittouryoudan / Throwing / HP Enhancement large /
MP Enhancement medium / Poison Disabled / Paralysis Disabled /
Stun Resistance medium / Sleep Resistance medium / Freezing Resistance small /
Burning Resistance small / Knowledge of the Long sword X /
Knowledge of the Katana X / Meaningful of the Long sword II /
Meaningful of the Katana II / Mining IV / Harvesting VI / Diving V / Swimming VI /
Jumping VII / Sheep shearing / Clairvoyance / Indomitability / Sword Aura /
The Braveness / The Strength / Super acceleration / Permanent battlefield /

Kasumi's STATUS

Lv58   HP 435/435   MP 70/70

[STR 170]   [VIT 80]

[AGI 90]   [DEX 30]   [INT 20]

아프른건
싫으니까
방어력에
올인하려고
합니다.

[글] 유우미칸
[일러스트] 코인

5

Welcome to
"NewWorld Online".

CONTENTS

All points are divided to VIT.
Because
a painful one isn't liked.

NewWorld Online STATUS

NAME 메이플	**Maple** **LV 40**

HP 200/200 **MP** 22/22

STATUS

STR 000 **VIT** 8880 **AGI** 000 **DEX** 000 **INT** 000

EQUIPMENT

초승달 skill 히드라	어둠의 모조품 skill 악식	흑장미의 갑옷 skill 흘러나오는 혼돈
인연의 가교	터프니스 링	생명의 반지

SKILL

【실드 어택】【몸놀림】【공격 피하기】【명상】【도발】【고무】【HP강화(소)】【MP강화(소)】
【대형 방패의 소양V】【커버 무브IV】【커버】【피어스 가드】【카운터】【절대방어】
【극악무도】【자이언트 킬링】【히드라 이터】【봄 이터】【쉽 이터】【불굴의 수호자】【사이코 키네시스】
【포트리스】【헌신의 자애】【기계신】

NewWorld Online STATUS

NAME 사리	**Sally** **LV 37**

HP 32/32 **MP** 80/80

STATUS

STR 085 **VIT** 000 **AGI** 158 **DEX** 045 **INT** 050

EQUIPMENT

심해의 대거	해저의 대거	
수면의 머플러 skill 신기루	대해의 코트 skill 대해	
대해의 옷	블랙 부츠	인연의 가교

SKILL

【질풍 베기】【디펜스 브레이크】【고무】【다운 어택】【파워 어택】【스위치 어택】
【연격검V】【체술V】【불 마법III】【물 마법III】【바람 마법III】【흙 마법II】【어둠 마법II】
【빛 마법II】【근력강화(소)】【연속공격 강화(소)】
【MP강화(소)】【MP컷(소)】【MP회복속도강화(소)】【독 내성(소)】【채집속도강화(소)】
【단검의 소양VI】【마법의 소양III】
【상태이상 공격VI】【기척 차단II】【기척 감지II】【발소리 죽이기I】【도약III】
【요리I】【낚시】【수영X】【잠수X】【털 깎기】
【초가속】【고대의 바다】【추인】【잔재주꾼】【검무】

‖NAME 크롬　HP 840/840　MP 52/52　**Lv 61**

STATUS

STR 130　VIT 175　AGI 020　DEX 030　INT 010

EQUIPMENT

‖참수 skill 생명포식　‖원령의 벽 skill 흡 혼

‖피투성이 해골 skill 영혼포식　‖피로 물든 하얀 갑옷 skill 데드 오어 얼라이브

‖강건의 반지　‖철벽의 반지　‖디펜스 링

SKILL 【돌진 찌르기】【불꽃베기】【얼음검】【실드 어택】【몸놀림】【공격 피하기】【대방어】【도발】
【철벽체제】【HP강화(대)】【HP회복속도강화(대)】【MP강화(소)】【대형 방패의 소양Ⅹ】【방어의 소양Ⅹ】
【커버 무브Ⅹ】【커버】【피어스 가드】【카운터】【가드 오라】【방어진형】【수호의 힘】
【대형 방패의 극의Ⅲ】【방어의 극의Ⅱ】【독 무효】【마비 무효】【스턴 내성(대)】【수면 내성(대)】
【빙결 무효】【화상 내성(대)】【채굴Ⅳ】【채집Ⅴ】【털 깎기】【정령의 빛】【불굴의 수호자】【배틀힐링】

‖NAME 이즈　HP 100/100　MP 100/100　**Lv 44**

STATUS

STR 045　VIT 020　AGI 075　DEX 210　INT 030

EQUIPMENT

‖대장장이의 해머Ⅹ　‖연금술사의 고글 skill 심술쟁이 연금술

‖연금술사의 롱코트 skill 마법공방　‖대장장이의 레긴스Ⅹ

‖연금술사의 부츠 skill 새로운 경지　‖포션 파우치　‖아이템 파우치　‖블랙 글러브

SKILL 【스트라이크】【생산의 소양Ⅹ】【생산의 극의Ⅱ】【강화성공확률강화(대)】【채집속도강화(대)】
【채굴속도강화(대)】【상태이상공격Ⅱ】【발소리 죽이기Ⅲ】【대장Ⅹ】【재봉Ⅹ】【재배Ⅹ】【조합Ⅹ】
【가공Ⅹ】【요리Ⅹ】【채굴Ⅹ】【채집Ⅹ】【수영Ⅳ】【잠수Ⅴ】【털 깎기】【대장장이 신의 가호Ⅸ】

‖NAME 카나데　HP 335/335　MP 290/290　**Lv 30**

STATUS

STR 015　VIT 010　AGI 040　DEX 035　INT 110

EQUIPMENT

‖신들의 지혜 skill 신계서고　‖다이아 뉴스보이캡Ⅷ

‖지혜의 코트Ⅵ　‖지혜의 레긴스Ⅷ　‖지혜의 부츠Ⅵ

‖스페이드 이어링　‖마도사의 글러브　‖성스러운 반지

SKILL 【마법의 소양Ⅵ】【MP강화(중)】【MP컷(소)】【MP회복속도강화(중)】【마법위력강화(소)】
【불 마법Ⅳ】【물 마법Ⅲ】【바람 마법Ⅳ】【흙 마법Ⅱ】【어둠 마법Ⅱ】【빛 마법Ⅲ】【마도서고】

‖NAME **카스미** HP 435/435 MP 70/70 LV **58**

STATUS

STR 170 VIT 080 AGI 090 DEX 030 INT 020

EQUIPMENT

‖ 무명도 ‖ 분홍색 머리장식 ‖ 벚꽃의 옷 ‖ 보라색 하카마
‖ 사무라이의 각반 ‖ 사무라이의 토시 ‖ 금 허리띠 ‖ 벚꽃 문장

SKILL 【일섬】【투구 쪼개기】【가드 브레이크】【후리기】【간파】【고무】【공격체제】【도술Ⅹ】
【일도양단】【투척】【HP강화(대)】【MP강화(중)】【독 무효】【마비 무효】【스턴 내성(중)】
【수면 내성(중)】【빙결 내성(소)】【화상 내성(소)】【장검의 소양Ⅹ】【도의 소양Ⅹ】【장검의 극의Ⅱ】
【도의 극의Ⅱ】【채굴Ⅳ】【채집Ⅵ】【잠수Ⅴ】【수영Ⅵ】【도약Ⅶ】【털 깎기】【멀리보기】【불굴】
【검기】【용맹】【괴력】【초가속】【전장의 마음가짐】

‖NAME **마이** HP 35/35 MP 20/20 LV **28**

STATUS

STR 335 VIT 000 AGI 000 DEX 000 INT 000

EQUIPMENT

‖ 파괴의 검은 망치Ⅷ ‖ 블랙돌 드레스Ⅷ
‖ 블랙돌 타이츠 Ⅷ ‖ 블랙돌 슈즈 Ⅷ

‖ 작은 리본 ‖ 실크 글러브

SKILL 【더블 스탬프】【더블 임팩트】【더블 스트라이크】【공격강화(소)】【대형망치의 소양Ⅳ】
【투척】【비격】【침략자】【파괴왕】【자이언트 킬링】

‖NAME **유이** HP 35/35 MP 20/20 LV **28**

STATUS

STR 335 VIT 000 AGI 000 DEX 000 INT 000

EQUIPMENT

‖ 파괴의 하얀 망치Ⅷ ‖ 화이트돌 드레스Ⅷ
‖ 화이트돌 타이츠 Ⅷ ‖ 화이트돌 슈즈 Ⅷ

‖ 작은 리본 ‖ 실크 글러브

SKILL 【더블 스탬프】【더블 임팩트】【더블 스트라이크】【공격강화(소)】【대형망치의 소양Ⅳ】
【투척】【비격】【침략자】【파괴왕】【자이언트 킬링】

프롤로그 방어 특화와 4층 추가.

　방어력에 스테이터스를 몰아주면서 생각지도 않게 강해진 메이플은 소수 정예 길드 【단풍나무】를 만들고, 다수의 예상을 뒤엎고 길드 대항전인 제4회 이벤트에서 3위를 차지했다. 보상으로 4층에서 사용하는 통행허가증을 받고 대규모 길드의 멤버들과도 친분을 얻어, 지금은 다음 층이 추가되기를 기다리고 있다.

　이벤트가 끝나고 한 달 조금 지나 10월에 들어선 어느 날.
　그날은 〈New World Online〉에 수많은 플레이어가 고대하던 4층이 추가되는 날이다.
　메이플도 그중 한 사람으로, 사리=리사가 말하지 않았더라도 점검 종료 직후에 로그인했을 것이다.

　메이플은 길드 홈에 와서 사리를 찾았다. 그러자 사리가 안쪽 소파에 앉아 손을 흔드는 것이 보였다.
　"왔어. 어떡할래? 바로 갈까?"

"3층 보스는 메이플이 있으면 어떻게든 될 거고……. 가 볼까. 궁금하지?"

"궁금해!"

사리는 메이플에게만 말을 했는지, 지금 【단풍나무】에 로그인한 사람은 둘밖에 없었다.

지금 먼저 상층으로 가도, 나중에 길드 멤버 전원이서 한 번 더 보스를 잡아야겠지. 【단풍나무】는 소수 정예가 맞지만, 메이플과 사리가 없으면 전력이 크게 달라진다.

그럼에도 두 사람은 새로운 층에 대한 흥미를 이기지 못했다.

어떤 보스인지 사리에게 확인하지도 않고, 【포학】 상태의 메이플은 등에 사리를 태우고 던전을 향해 필드를 달렸다.

이미 이 괴물이 메이플이라는 것이 다 알려졌기 때문에 기계로 하늘을 날던 플레이어들이 몬스터로 착각해 공격하는 일은 없다.

그래도 주목받는다는 사실은 변함없었다.

몬스터를 치면서 던전 안을 이동해 보스방 앞에 도달한다.

"사리? 도착했어!"

"오케이! 얼른 끝내버리자."

메이플이 【포학】 상태로 문을 열고 안에 들어가 보니, 방 안에는 키가 두 사람의 세 배에 달하는 강철 골렘이 있었다.

만약 골렘에게 의식이 있었다면 문을 열고 얼굴을 내민 상대가 괴물이라는 사실에 머릿속이 새하얗게 되었으리라.

　물론 실제로 그런 일은 없고, 골렘은 담담하게 두 침입자에게 공격태세를 취한다.

　그것을 보고 사리는 곧장 비장의 수를 썼다.

　"오보로! 【환영세계!】

　제4회 이벤트에서도 사용한, 3분간 대상과 똑같은 능력치를 가지고 자율적으로 행동하는 분신을 3개 만드는 마법이다.

　사리가 오보로에게 사용하게 한 마법의 효과로 메이플이 네 명이 된다.

　네 명의 메이플은 각각 골렘에게 달라붙어 공격을 개시했다.

　이에 대항해서 골렘도 공격하지만, 방어력이 거의 다섯 자리에 도달하는 메이플에게는 대미지가 들어가지 않는다.

　그것을 본 사리는 안심했다는 듯이 그 자리에 앉아 펫 몬스터인 오보로의 머리를 쓰다듬기 시작했다.

　하지만 메이플의 초조한 목소리가 사리의 주의를 끌었다.

　"사리!? 어쩌지!?"

　"어!? 왜!?"

　"대미지가 안 들어가는데!?"

　"엑!?"

　사리가 골렘을 보니 정말로 HP가 전혀 줄지 않았다.

　운영진도 생각하려고 했다.

【포학】상태의 메이플을 봉인하면서 다른 플레이어의 공략에 크게 영향을 주지 않는 방법을.

그래서 생각한 것이 【은색 날개】처럼 부조리 수준의 공격력을 가진 보스를 배치하는 것이 아니라, 높은 방어력과 HP를 가진 보스를 배치하는 것이었다.

메이플의 천적은 고화력 보스가 아니라 같은 개성을 가진 상대이다.

메이플에게는 방어 관통 공격 스킬이 없다.

주요 대미지원인 독도 상대에게 내성만 있으면 이렇다 할 것이 없는 것이다.

골렘도 메이플에게 대미지를 줄 수 없지만, 지지도 않는다.

이것이 일대일 때 메이플을 견제하고자 이끌어낸 방법이다.

"이렇게 되면 내가 어떻게 할 수밖에 없나."

사리는 상황을 파악하고 대거를 뽑아 골렘에게 달려갔다.

그리고 싸우기를 30분.

사리가 【검무】로 공격력 강화를 최대로 올린 것도 있어서, 이 승부는 간신히 끝을 맞이했다.

"하아……. 방어력을 제대로 봐 뒀어야 했나."

"후……. 꽤 힘들었어."

얼른 보스를 잡고 4층을 보러 가려고 했던 두 사람은 처음부터 발목이 잡힌 모양새가 되었지만, 금세 기분을 바꾸고 드롭 아이템을 회수한 뒤 4층으로 향했다.

"어떤 곳일까?"

"글쎄? 자, 저기 보여."

사리가 달려가고 메이플도 쫓아갔다.

4층은 밤이 계속되는 마을.

별이 빛나는 밤하늘에는 붉고 푸른 보름달이 둘.

역대 최대 규모의 이 마을은 모든 건물이 목조로, 옛날 분위기를 자아내고 있었다.

마을 곳곳에 수로가 깔렸고, 등불이 조용히 길을 밝히고 있다.

마을 중심에 한층 높게 보이는 고층탑에는 대체 무엇이 있을지 마음이 설렌다.

"탐색할까? 해 버릴까?"

"좋아. 하지만 먼저 길드 홈에 다녀오자."

"우우, 그런가."

길드 홈은 보관 아이템을 어느 층에서든 꺼낼 수 있고, 나아가 한 번 진입하면 다른 층에 있는 마을이나 길드 홈으로 이동할 수 있게끔 되어 있다.

그래서 새로운 층에 와서 가장 먼저 가야 하는 장소다.

메이플과 사리는 설레는 마음을 붙잡고 길드 홈으로 향했다.

1장 방어 특화와 밤의 마을.

　길드 홈의 위치를 확인하고 곧바로 안에 들어간 두 사람은 내부를 슥 둘러보았다. 개인이 쓰는 방에는 다다미가 깔려 있고, 큰방에 해당하는 장소에는 바닥을 사각으로 파서 불을 지피는 곳에 화로가 인테리어처럼 있기도 해서 4층의 옛날 분위기에 잘 어울렸다.

　확인을 마쳤을 무렵【단풍나무】의 나머지 멤버들이 로그인했다는 것을 사리가 알아차린다.

　"메이플, 다들 들어온 것 같아."

　"그럼 도와주러 가자! 으음,【헌신의 자애】로 지키는 것밖에 못 하겠지만……."

　"충분하고도 남을 정도야! 가자."

　두 사람은 4층 탐색을 미루고 다시 3층으로 돌아갔다.

　보스전은【헌신의 자애】로 보호를 받는 마이와 유이의 관통 공격 연타로 놀랄 정도로 쉽게 끝났다.

"역시…… 우리는 할 일이 없었군."

"크롬? 4층 탐색에 체력을 할애할 수 있어서 좋다고 생각하면 되지 않겠어?"

똑같이 할 일이 아무것도 없어 사라져 가는 골렘을 보던 카스미가 크롬이 중얼거린 말에 반응한다.

"새 소재가 기대돼. 몬스터가 너무 세지 않으면 좋겠는데."

"나도 이번에는 편하게 끝났으니까 도와줄까?"

카나데는 싸움 구경 동안에 다 맞춘 루빅큐브를 흩뜨리면서 이즈에게 제안한다.

"그러면 고맙지."

방관자였던 네 사람은 풀 멤버로 보스전을 하면 이렇게 되는 법이라며 생각을 전환하고, 끝났다고 손을 흔들며 4층 탐색을 하고 싶다는 듯 안절부절못하는 메이플의 뒤를 따라갔다.

이렇게 해서 새로운 마을에 온 일행은 각자 분담하여 서둘러 마을을 탐색하러 갔다.

나중에 어떤 것이 있었는지 정보를 공유함으로써 이 넓은 마을의 전모를 파악하기 위해서다.

메이플은 혼자서 길을 걸으며 무엇이 있는지 두리번두리번

보고 있었다.

그렇게 길을 걷고 있자 한자로 〈壹〉이라고 쓰인 현판이 붙은 커다란 기둥문이 보였다.

메이플이 그 밑으로 지나가려 하자 허가증 확인이라는 음성이 들렸다.

"으음……. 지나가도 괜찮겠지?"

메이플은 천천히 다리만 내밀었다가 아무 일도 일어나지 않는다는 것을 확인하고는 폴짝 뛰어 단숨에 경계선을 넘었다.

"그렇지, 통행허가증을 가지고 있었잖아. 어디까지 갈 수 있을까?"

지난번 이벤트에서 상위에 들었기 때문에 이미 통행허가증 랭크가 높은 메이플은 더 앞을 목표로 걷기 시작했다.

그렇다. 4층 마을에서는 기둥문을 지나 마을 중앙으로 가려면 통행허가증이 필요하다.

때문에 원래 통행증을 가지고 있지 않은 플레이어는 먼저 진행 퀘스트를 깨야 한다. 곧바로 탐색할 수 있는 것은 이벤트 상위자의 특전이라는 뜻이다.

더구나 진행을 많이 할수록 좋은 장비나 좋은 스킬을 볼 가능성이 커지는 시스템인 듯했다.

NPC에게 대금을 치르면 정해진 위치까지 운반해 주는 작은 배나 인력거가 배치되어 있어, 메이플은 〈貳〉라고 적힌 기둥문을 지났을 즈음해서 인력거를 타고 가기로 했다. 제법 거리가 있었던 이유도 있지만, 단순히 타 보고 싶었다.

"빨라—! 쾌적해, 쾌적해!"

메이플이 걷는 것보다 훨씬 빨라, 마을 중심을 향해 쭉쭉 나아간다.

메이플이 인력거에서 내린 것은 〈陸〉이라고 적힌 기둥문 앞이었다.

메이플이 그 기둥문을 지나가려고 하자 희미하게 빛나는 벽에 가로막혀 지나갈 수가 없었다. 메이플이 가진 〈伍〉의 통행허가증으로는 〈陸〉의 기둥문을 지나갈 수 없는 모양이다.

"아…… 저 높은 탑까지는 아직도 멀구나……. 통행허가증 랭크는 어딘가에서 올릴 수 있으려나?"

메이플은 일단 더 가는 것을 포기하고 근처에 있는 가게에 들어가 보기로 했다.

"실례합니다……. 오오, 기모노가 많아!"

그곳에는 카스미가 입는 것과 비슷한 옷이 잔뜩 장식되어 있었다.

"이런 옷이 이 마을과 더 어울릴지도……."

결국 메이플은 복장을 확 바꿨다. 전투에 임하기 전에 장비를 바꾸기만 하면 되니까 방패와 단도도 벗고 완전히 관광 모드다.

메이플은 특기인 【히드라】를 의식해 보라색을 바탕으로 한 기모노를 입고 가게를 나섰다.

"다음은 어디로 갈까—?"

메이플은 신이 나서 다시 걷기 시작했다.

메이플이 다음으로 간 곳은 가구 아이템을 진열한 가게다.

안쪽에 가게 주인 남자 NPC가 한 명 앉아 있다.

오래된 항아리와 족자, 책상 같은 것까지 다양하게 있다.

길드 홈에서 방 인테리어를 바꿀 수 있는 아이템이다.

"엄청 좋은 물건일까? 가격은 비싼데…… 잘 모르겠네."

품평을 해 보았지만 이런 가구에는 그다지 관심이 없는 메이플은 이번에는 됐다며 가게를 나가려고 했다.

그러자 안쪽에 앉아 있던 노인 가게 주인이 메이플에게 말을 걸었다.

"아가씨……. 항아리를 하나 더 보고 가지 않겠는가."

"저요? ……으음, 어떡할까."

관심이 없긴 하지만 모처럼 말해 주었는데 안 보면 나중에 마음에 걸릴 것 같아서 메이플은 한번 보기로 했다.

"이쪽으로 오거라……."

가게 주인은 안쪽 문을 열고 상품이 전시되어 있지 않은 공간으로 메이플을 이끈다.

메이플이 따라가자 그곳에서 손바닥에 올라갈 크기의 작은 뚜껑이 달린 항아리를 보여준다.

"이거? 웅……. 필요 없을 것 같은데."

그렇게 말하던 메이플 앞에 파란 패널이 출현한다.

"웅? 퀘스트!?"

퀘스트라면 이야기가 다르다.

각 스테이터스가 일정 이상이어야 발생하는 퀘스트가 많이 있는 외중에, 방어에 특화된 스테이터스 탓에 퀘스트를 볼 일이 별로 없는 메이플로선 받을 수밖에 없었다.

그래서 메이플은 내용도 제대로 확인하지 않고 퀘스트를 승낙했다.

"그럼…… 마지막 한 마리가 되어 다오."

가게 주인이 항아리 뚜껑을 열자 메이플의 몸이 항아리 속으로 빨려 들어갔다.

"엑! 와앗!?"

메이플은 어떤 퀘스트였는지 이름을 생각해 내려고 했지만 「단지 속의 왕」이라는 퀘스트명은 떠올릴 수 없었다.

한순간의 부유감 뒤에 메이플은 엉덩이부터 땅에 떨어졌다.

"아야야! 여, 여기는?"

메이플이 주위를 둘러본다.

그곳은 어둑어둑하고 평평한 필드였다. 멀리서 조금 기울어진 무기질적인 벽이 보이지만 위를 올려다보아도 새카매서 높다는 건 알 수 있어도 출구처럼 보이는 것은 없었다.

메이플이 끝에서 끝까지 걷자고는 생각할 수도 없을 만큼 넓은 필드다.

"……응? 뭐가 오나?"

메이플이 이마에 손을 대고서 눈을 가늘게 뜨고 멀리 내다보자, 단단해 보이는 보라색 전갈과 지네, 등딱지가 붙은 거미까지 잇달아 메이플 쪽으로 달려왔다.

상당한 속도로 달려오고 있어서 순식간에 모습이 커진다.

"흐음, 저걸 쓰러뜨리면 되는 거구나! 이제 알겠어!"

메이플이 허리에 손을 가져가 단도를 뽑으려고 한다.

"앗!? 자, 장비를 안 했네!?"

메이플은 관광 모드인 채로 전장에 내팽개쳐졌기 때문에 단도도 방패도 인벤토리 안에 있다.

"잠깐…… 어어!"

메이플은 황급히 파란 패널을 불러내 화면을 손가락으로 두드린다.

하지만 초조한 탓에 상관도 없는 아이템을 잘못 눌러서 시간을 잡아먹고, 그 탓에 더욱 초조해지고 말았다. 결국 장비 변경 완료 버튼을 누르기도 전에 가장 발이 빠른 전갈이 메이플의 몸통을 집게로 잡아 들어 올렸다.

"잠깐, 하지 마! 기, 기다려! 타임, 타임, 타임—!!"

전갈이 잡은 바람에 몸을 움직일 수는 없지만, 공격은 메이플에게 전혀 통하지 않는다. 집게가 꾹꾹 더 세게 조여도, 꼬리의 독침으로 찌르려 해도 끄떡없다. 하지만 그런 상황 속에서 메이플은 초조해하고 있었다.

"기다려! 내려줘어, 곤란해—!"

그렇다. 메이플이 당하는 일은 없지만, 산 지 얼마 안 된 기모노는 다르다.

"찢어져, 찢어진다고!! 아 진짜…… 푸웁!? 독액 떨어뜨리지 마!"

지네가 몸을 들어 메이플 바로 위에 위치를 잡더니 메이플을 향해 입가에서 보라색 액체를 떨어뜨렸지만, 이것 또한 메이플에게는 영향이 없다.

그러나 장비에는 심각하게 영향이 있다.

메이플은 다시 장비 변경을 시도했지만, 원래부터 전투용이 아닌 기모노는 변경이 채 끝나기 전에 허무한 빛이 되어 사라져 버렸다.

"아…………."

메이플은 저항을 멈추고 발을 흔들거리면서 토라진 듯이 볼을 부풀린다. 이제 서둘러서 장비를 변경할 이유가 사라져 버렸기 때문에 독액을 흘리면서 천천히 장비를 설정했다.

평소 쓰는 검정색 장비로 바꾸고는, 메이플은 팔을 한껏 휘둘러 방패로 전갈의 집게를 쳐서 구속에서 풀려나는 데 성공했다.

"우와아…… 무지 많네."

메이플은 지네의 독액을 뒤집어쓰고 중얼거렸다.

메이플이 붙잡혀 있는 동안 바글바글하게 모여든 다종다양한 독 몬스터가 시야에 들어온다.

"우— 전부 잡을 거야."

빛이 되어 사라져 간 기모노를 떠올리면서, 메이플은【포식자】를 불러내고【헌신의 자애】를 발동한다.

"【전 무장 전개】!"

철컥철컥 소리를 내며 메이플의 몸에서【기계신】의 병기가 전개되어 나간다.

"【공격 개시】."

연이어 날아간 공격이 몬스터들에게 맞고는 껍질에 튕겨나간다.

"으엑!? 마법이 아니면 안 되려나……. 하지만 독은 더 안 되겠지……."

모든 몬스터가 보라색 껍질로 덮여 있다. 원래 껍질이 없는 뱀 같은 것도 예외가 아니었다. 메이플은 그것을 보고 싶은 표정을 짓는다.

"단단해……. 힘드니까 별로야! 이런 건!"

메이플의 공격에【포식자】의 공격도 합쳐져 눈앞에 있던 전갈에게 가장 많은 공격이 들어갔다.

그 결과, 메이플의 눈앞에서 보라색 껍질이 부서지고 부드러워 보이는 부분이 드러났다.

"다행이다! 생각보다 금방 부서지네, 【흘러나오는 혼돈】!"

메이플이 그곳에 괴물의 입을 풀어놓자 전갈은 빛이 되어 사라졌다.

HP가 별로 많지 않음을 알았지만, 그만큼 숫자가 많다.

【포식자】는 계속 공격을 받고 있어, 전부 쓰러뜨리려면 시간이 걸릴 것이다.

"맞다! ……우선 【포식자】를 돌려보내고…….'"

메이플은 두 마리의 부하를 돌려보내고 총구와 포구를 지면으로 돌려 먼 상공으로 날아올랐다.

"시럽!"

메이플은 공중에서 시럽을 불러내고 곧바로 거대화시켜 공중에 띄웠다.

시럽보다 높은 곳까지 날아간 메이플은 바로 아래에 있는 시럽의 등에 떨어졌다.

"에헤헤, 고마워 시럽."

잘 받아 준 시럽의 등딱지를 쓰다듬고 나서 메이플은 시럽에게 명령했다.

"자, 물어."

시럽은 순순히 메이플의 다리를 무릎 근처까지 물어 주었다.

"착하다 착해."

메이플은 지면과 수평으로 떠 있던 시럽을 이번에는 지면에 수직으로 세웠다.

거꾸로 매달린 메이플과 병기의 총구가 지면을 향하는 상황이다.

"【공격 개시】! 우선 모든 몬스터의 껍질을 부수겠어!"

공중에서 지면으로 레이저와 총탄의 비가 쏟아진다.

"인형 뽑기 게임 같아."

메이플은 【사이코키네시스】로 시럽을 조작해 빙글빙글 원을 그리듯이 골고루 공격을 맞혔다.

지면을 볼 수 있기 때문에 눈에 잘 띄는 보라색 껍질이 부서졌는지 계속 확인할 수 있어서 공격은 빈틈없이 진행되었다.

"좋아……. 다음은 땅에 내려가서 직접 쓰러뜨려야지!"

공중에 있을 필요가 없어진 메이플은 시럽을 반지로 돌려보내고, 자세를 가다듬더니 다리로 땅에 내려섰다.

"다음은 끝장내 버릴 거니까…… 각오해—!"

몬스터들은 사라질 때 지르는 비명으로 대답했다.

메이플의 공격은 껍질을 잃은 몬스터들에게 확실하게 대미지를 가할 수 있었다.

몬스터들은 메이플에게 대미지를 줄 수 없기 때문에 전투는 간단히 메이플의 승리로 끝을 맺이했다.

"좋아! 마지막 한 마리!"

메이플의 총탄이 마지막 몬스터를 없앴을 때 메이플의 시야가 어두워지고, 정신을 차려 보니 원래 있었던 가게 안으로 돌아와 있었다.

"가게 사람…… 없네? 앗!"

메이플의 눈앞에 퀘스트 달성 패널이 나타난다.

메이플이 얻은 것은 스킬 하나.

"【고독(蠱毒)의 주법】? 뭘까?"

【고독의 주법】
독 계통 공격 스킬에 10% 확률의 즉사 효과를 부여한다.
이 효과는 독 내성 스킬의 영향을 받지 않는다.

"오…… 오—? 아항……. 그렇다면 【독 무효】를 무시할 수 있는 거네."

【독 무효】나 【독 내성】을 갖춘 플레이어나 몬스터가 늘어나서 【히드라】를 쓰기 힘들어졌는데, 이 【고독의 주법】 효과로 【독 무효】를 가진 플레이어라도 즉사시킬 수 있다. 【독 무효】도 완벽한 대책이 아니게 된 것이다.

"나중에 시험해 볼까……. 지금은 우선……."

메이플은 주인이 없어진 가게를 나와, 가볍다고는 할 수 없는 발걸음으로 한 가게로 향했다.

"우우…… 다시 사야지."

메이플은 녹아 버린 기모노를 안타까워하며 똑같은 기모노를 다시 구입한다.

"만끽할 거니까 괜찮아, 괜찮다구!"

스킬을 취득하는 데 필요한 지출이라고 결론을 짓고, 메이플은 다시 마을 구경에 나섰다.

2장 방어 특화와 카스미.

　4층에 오고 며칠 후.

　탐색을 얼추 끝낸 멤버들은 전원 길드 홈에 모여 서로의 성과를 이야기한다.

　"나는 레벨이나 올리려고, 퀘스트도 있어서 필드 쪽을 돌아다녔지. 요괴 같은 몬스터가 많았어. 마법 같은 걸 쓰는 몬스터도 늘어난 느낌이야."

　크롬의 발언에 고개를 끄덕이고 이즈도 입을 연다.

　"나도 소재를 모으러 밖에 나갔는데, 누군가 전투 담당이 없으면 힘들 것 같았어."

　"나는 마이와 유이와 같이 〈壹〉 기둥문부터 순서대로 돌아다녔어. 다들 그냥 지나쳤을 장소에도 퀘스트나 안쪽 구역에는 없는 소재가 있는 가게도 있었으니까, 공유해 둘게."

　카나데는 그렇게 말하고 모두에게 자세한 정보가 적힌 데이터를 보내 준다.

　"유이랑 돌아보았는데 넓어서 꽤 힘들었어요⋯⋯."

　"이제까지 중에 제일 큰 마을이네요."

각자가 손에 넣은 정보에 관해 이야기해 나간다. 그런데 전원이 같은 기둥문에서 막힌 것은 똑같았다.

"그럼 메이플은?"

그러던 중에 사리가 메이플에게 이야기를 돌렸다.

"난 즉사 효과를 손에 넣고 기모노를 샀어!"

"……응, 역시 나중에 천천히 이야기를 들을게."

그 한마디에 메이플이 또 혼자서 이상한 스킬을 입수한 것을 눈치챈 사리는 그 화제를 나중으로 돌리기로 했다.

"하지만 이걸로 알았어. 다들 상당히 마을 중앙까지 갈 수 있었다는 얘기네?"

사리는 통행허가증 이야기를 시작했다.

우선 먼저, 통행허가증이 없으면 이 마을에서는 탐색을 충분히 할 수 없다.

더욱 들어가려면 통행허가증 랭크를 올리는 귀찮은 퀘스트를 해야 한다는 뜻이다.

크롬이나 카스미는 이미 알고 있는 듯했지만, 이런 정보를 적극적으로 모은 적이 없는 메이플은 처음 듣는 이야기였다.

"그럼 우리 통행허가증은 엄청나다는 뜻?"

"뭐, 상당한 어드밴티지가 될 거라고 생각해."

수많은 플레이어가 필요로 하는 과정을 몇 단계나 뛰어넘었으니 유리한 것은 틀림없었다.

그 후, 각자가 이곳에 이런 퀘스트가 있다는 이야기를 나누

었지만, 메이플이 받은 퀘스트에 도전한 듯한 멤버는 나오지
않았다.

"그럼 또 뭔가 있으면 만나자!"

메이플이 그렇게 말하자 이야기는 끝나고, 각자 하고 싶은
일을 하러 갔다.

그렇게 해서 전원이 탐색을 계속했지만, 지금껏 거쳤던 각
층의 마을에 비해 훨씬 큰 4층 마을의 탐색은 끝이 보이지 않
는다.

탐색을 시작하고 시간이 흐른 어느 날의 오후.

메이플은 한숨 돌리려고 길드 홈에서 이즈가 내준 홍차를 마
시며 이야기를 하고 있었다.

"어때? 탐색은 잘되고 있어?"

"좀처럼요……. 엄청나게 넓어서."

"나도 여러모로 소재를 찾아봤지만……. 한 가게에서만 파
는 것도 있어서 안쪽으로 갈 수가 없어."

【단풍나무】의 멤버는 통행허가증 랭크가 높아서 마을 안쪽
으로 빨리 진입할 수 있기는 했지만, 다른 장소에도 탐색해야
할 곳이 넘치는 데다 필드에도 나가야 한다.

소재 수집만 해도 할 일이 지금까지의 몇 배나 많다.

"새로운 아이템도 제작할 수 있게 됐어. 양산하려면 아직 소재가 모자라지만, 다음에 써 봐."

"네!"

두 사람이 그런 이야기를 하고 있는데 길드 홈 문이 열리고 크롬과 마이와 유이가 들어왔다.

"오, 이즈. 마침 잘됐다. 퀘스트 하는 김에 부탁받았던 소재도 모아 왔어."

"고마워. 어때? 크롬도 뭐 마시면서 쉬다 갈래? 4층에서 추가된 마실 것도 있어."

그렇게 말하고 이즈가 생글생글 웃는다.

"……4층의 소재는 뭔가 수상한 이름이 많으니, 관두겠어."

게다가 나쁜 꿍꿍이가 있는 얼굴이라고 말하고, 크롬은 평범한 커피를, 마이와 유이는 코코아를 받았다. 세 사람도 메이플과 같은 테이블에 앉는다.

"여어…… 메이플, 어때? 탐색 상황은."

"엄청나게 넓어서 여기저기 뛰어다니고 있는데요."

메이플이 그렇게 말하자 마이와 유이가 잘 안다는 듯이 고개를 끄덕인다.

두 사람도 올인형인 까닭에 이동 속도가 느린 것이다.

"지금은…… 저랑 유이는 항상 인력거를 타요."

"돈은 많이 들지만, 걷는 것보다 빨라서 편해요!"

"퀘스트도 드문드문 있으니까. 게다가 가게도 많아. 뭐, 대부분 인테리어 소품을 파는 가게지만……. 확인을 안 할 수도 없고 말이야."

"가게에 있는 가구는 비싸니까…… 저는 보기만 해도 만족해요."

"퀘스트에도 돈이 들 때가 있으니까, 사실은 살 여유가 없는 것뿐이지만요."

메이플도 여러 가지를 보긴 했지만, 산 것은 소비 아이템뿐이었다.

"모처럼 방도 있는데, 나도 뭔가 살까."

길드 홈에는 각자가 사용할 수 있는 개인실이 있다. 메이플의 방에도, 아무것도 안 놓는 것도 좀 그렇다며 각 층에서 산 가구가 몇 개인가 놓여 있다.

그때 사리와 카나데, 그리고 이미 길드 홈의 자기 방에 있었던 듯한 카스미가 모습을 나타냈다.

"앗, 다들! 오— 전원 집합이네!"

"뭔가 예정이라도 있었어?"

메이플이 무슨 이야기를 하고 있었는지 사리에게 전하자, 사리도 마을 이야기를 시작한다.

"나는 새 아이템 확인이랑, 퀘스트도 할 겸 필드에 뭔가 있을 만한 장소를 돌아다니는 정도밖에 안 했어."

"내가 기억하는 가게는 나무 퍼즐을 파는 가게 정도이려나. 재미있었어. 언제든 빌려줄 테니 얘기해."

카나데가 이미 다 맞췄다고 말하고는, 이즈에게 더 어려운 걸 만들 수 없는지 묻는다.

"마을은 아직 다 파악하지 못했으니까, 메이플이 좋아할 게 있으면 기억해 둘게."

"응! 고마워!"

"전투에 쓸 수 있는 게 다는 아니니. 메이플이 좋아할 가게라면…… 이 근방은 어떻겠나?"

카스미가 그렇게 말하고 맵을 열어서 몇 군데 보여주었다.

"과연, 과연……. 가 볼까. 카스미는 잘 아는구나!"

"어? 아, 아아, 뭐 우연이지. 마침 발견해서."

카스미는 그렇게 말하고 얼른 맵을 닫는다.

그때 카나데와 이야기를 일단락 지은 이즈가 또 뭔가 마실 건지 물었다.

"아니, 오늘은 곧장 필드에 나갈 거라 관두겠다."

"그래. 조심하고, 열심히 해."

카스미가 나가는 것을 전원이 배웅할 때, 메이플은 문득 떠오른 것이 있었다.

"카스미, 요즘 필드에 자주 나가네?"

"우리처럼 돈이 부족한 거 아닐까요?"

"저도…… 이제 지갑이 텅 비었어요…….."

마이와 유이의 말을 듣고 메이플도 그런가 하고 납득한다.

"……그만큼 사냥했으면 문제없을 거라고 생각하지만."

소재나 아이템 등의 가격을 잘 아는 이즈는 조금 이상하다고 생각했지만, 카나데가 말하는 퍼즐 제작에 대해 생각하는 사이에 그런 의문도 흐려진다.

"카스미라면 이상한 생각도 안 할 테고, 나도 작업해야지!"

"바로 만들어 주는 거야? 어려운 걸로 해 줘—."

그리고 다시 각자 마음껏 4층에서 시간을 보내기 시작했다.

그리고 밤늦게 사냥을 마치고 길드 멤버에게 들키지 않도록 몰래 돌아온 카스미는 길드 홈 안의 자기에게 배정된 방으로 들어가 문을 잠갔다.

"하아…… 행복해……."

카스미의 방에 비좁을 정도로 늘어놓은 물건은 전부 4층에 들어오고 나서 며칠 동안 구입한 것이다.

겉모습에 이끌려 산 도자기나 칼 등, 전투에는 전혀 사용할 예정이 없는 물건들이다.

현실과는 달리 몬스터를 사냥해 돈을 마련할 수 있는 게임에서는 다소 돈을 헤프게 써도 문제없었다.

그런 까닭에 카스미는 다소, 아니 상당히 과하게 물건을 샀다고 할 수 있다.

"더 사러 갈까! ……슬슬 돈을 모으지 않으면 곤란하겠군."

파란 패널에 표시된 골드가 슬슬 불안하다.

카스미가 산 물건들은 결코 싸지 않다. 오히려 비쌌다.

그래도 카스미는 지금까지 플레이 하면서 가장 즐거웠다.

"가장 빨리 안쪽으로 진입하고 싶군, 후후."

카스미는 그렇게 말하고 몰래 〈陸〉까지 랭크를 올린 통행허가증을 본다.

아직 아무도 발을 들여놓지 않은 영역에는 도대체 어떤 훌륭한 물건이 있을까 하고.

"좋아, 갈까! 시간이 아까워."

꺼냈던 통행허가증을 인벤토리에 돌려놓고 카스미는 길드 홈을 뛰쳐나갔다.

그로부터 열흘 후, 카스미는 길드 내의 자기 방에서 파란 패널의 스테이터스 화면을 보고 있었다.

아니, 정확히는 화면 속 한 점을 쳐다보고 있었다.

"우우⋯⋯."

능력치에는 아무런 효과도 없는 물품을 계속 사던 카스미는 지금까지 그다지 쓸 일이 없어 모아놓기만 했던 소지금을 거의 전부 써 버렸다.

그 액수는 무려 【단풍나무】 설립에 필요했던 금액의 거의 5

배이다.

4층 마을은 기둥문을 넘을 때마다 중심에 가까워진다. 몇 개나 되는 구역으로 나뉘기는 해도 마을 자체가 크기 때문에 하나하나가 상당히 넓다.

하지만 카스미는 곳곳에 있는 골동품점을 망라하고 있었다.

가게에서 물건을 구경하는 시간은 카스미에게 지극히 행복한 한때였다.

그 열의가 씀씀이를 헤프게 하는 데 그치지 않고 아예 파산을 내 버린 것이다.

"좋아…… 이걸로 살 수 있을 것 같군."

카스미는 몬스터를 추가로 사냥해서 마련한 자금을 가지고 길드를 나와, 〈漆〉이라고 쓰인 기둥문을 넘어 한 가게에 들어갔다.

"좋았어, 누가 먼저 사서 없어지는 일이 없는 건 좋군."

자기 방에서 감상하던 물건이 가게에 다시 상품으로 진열되는 것은 게임이기에 볼 수 있는 일이겠지.

아직 자기 방에 가져가지 못했던 값비싼 찻잔을 손에 넣어서, 소지금은 포션 하나조차 제대로 살 수 없는 상태로 되돌아갔다.

"항상 애용해 줘서…… 고맙구나."

"응? 아, 그래."

지금까지 한 번도 계산 말고 이야기한 적이 없는 가게 주인의 말에 카스미가 조금 당황한다.

　"답례를 하나……. 그렇지, 이걸 주마."

　그렇게 말하고 가게 주인은 낡은 종이 한 장을 카스미에게 건넸다.

　"내 도구를 보관하는 창고의 지도다……. 나는 이미 거기까지 갈 수 없어……. 좋을 대로 써 주려무나. 도구들도 언제까지고 잠들어 있는 것보단 그게 나을 게야."

　카스미는 가게 주인에게 고맙다고 인사하고 지도를 보면서 가게를 나섰다.

　"필드의…… 끄트머리인가? 가 볼까……?"

　현시점에서 이 마을에서 살 수 있는 물건은 전부 샀다.

　소지금도 거의 0이라 사망 시 소지금이 절반으로 줄어드는 페널티는 걱정할 필요가 없다.

　그리고 무엇보다, 처음 보는 무언가가 손에 들어올지도 모른다면 갈 수밖에 없었다.

　항상 밤이기 때문에 어두운 필드를 때때로 지도를 확인하면서 끝으로 끝으로 그저 달린다.

　그렇게 해서 카스미가 도착한 곳은, 건물이 아니라 언뜻 보기엔 딱히 아무것도 없는 평지였다.

　"이 근처…… 아니, 좀 더 이쪽인가? ……여긴가!"

카스미의 발에, 지면에서 아주 조금 튀어나와 있던 손잡이가 닿았다.

지도로 장소를 파악하고 있지 않았다면 이 어둠 속에서는 찾을 수 없었으리라.

카스미는 주위의 흙을 털어내고 힘을 꽉 주어 들어 올렸다.

먼지를 일으키며 덮개가 딱 열리고, 더욱 어두컴컴한 지하로 이어지는 계단이 눈에 들어온다.

"……가 보자."

이 마을에 오고 나서 산 초롱 중 하나를 인벤토리에서 꺼내고 계단을 내려간다.

붉은 불꽃이 주위를 밝게 비추는 가운데, 카스미의 발소리만이 울린다.

계단을 다 내려간 곳에는 철문이 있었다.

"……좋아!"

카스미는 기대 반 불안 반으로 문을 열고 안으로 들어가, 초롱을 들어 주위를 비춘다.

"아무것도…… 없어?"

횅한 공간에는 아무 물건도 없었다. 초롱의 불빛은 바닥 외에는 아무것도 비추지 않고, 먼지 냄새가 나는 방은 아무런 소리가 나지 않는다. 카스미는 주위를 비춰 보았지만 창고 같지 않는 풍경은 달라지지 않았다.

"뭔가 다른 조건이라도 있었나? ……모르겠군."

그때, 채 포기하지 못한 카스미의 귀가 파괴음을 포착했다.

"뭔가…… 있나?"

카스미는 칼을 뽑고 경계하면서 계단으로 이어지는 문에서 떨어져 방 안쪽으로 향한다.

어두워서 보이지 않았던 부분을 초롱으로 비춘다.

그곳에는 몇 개나 되는 도구의 잔해가 있었다.

부러진 칼, 깨진 항아리, 부서진 수정구슬.

그리고 그 중심에는 희미한 보랏빛이 감도는 칼이 공중에 두둥실 떠 있다.

그 칼이 주위의 물건에 닿을 때마다 파괴음이 울려 퍼진다. 마치 칼이 물건을 먹어치우고 있는 것 같았다.

"……오나!?"

칼이 카스미를 알아차린 듯이 칼끝을 돌리자, 카스미도 똑같이 자신의 칼을 겨누었다.

카스미를 적으로 인식한 것인지, 도신이 보라색 연기처럼 일렁이는 빛을 두른다.

한순간 칼이 떨리는가 싶더니 바닥과 천장에 보랏빛 불꽃이 나타나, 초롱 없이도 충분히 시야를 확보할 수 있게 되었다.

카스미는 재빠르게 거리를 벌리면서 초롱을 집어넣었지만, 칼은 덤벼들지 않는다.

"안 오는 건가? ……아니, 방심할 수는 없지."

카스미는 그 칼에서 불길한 기운을 느끼고 있었다.

그리고 그 느낌은 옳았다.

다음 순간 칼이 카스미를 향해 빠르게 날아왔기 때문이다.

"흡……!"

카스미는 짧게 숨을 뱉으며 날아오는 칼과 칼날을 맞부딪쳤다. 그러나 공중을 나는 칼은 신출귀몰하게 움직일 수 있어 궤도를 읽기 힘들다.

"신을…… 상대했던 게 도움이 되었을지도…! 흡!"

지난번 이벤트에서 싸웠던 【염제의 나라】의 강적을 떠올리면서 칼을 휘두른다.

날아다니는 칼을 제대로 받아내자 키잉 소리를 내며 튕겨나간다.

카스미는 다시 거리를 벌리고 상대의 반응을 살폈다.

그러나 칼은 카스미가 방심하지 않고 보는 와중에 순식간에 모습을 감추었다.

"아니…!? 아?"

다음으로 카스미의 시야에 들어온 것은 자신의 가슴 한복판에 솟아난 보라색 칼이었다.

아니, 그게 다가 아니다.

다리, 배, 팔, 모든 곳에 칼이 꽂혀 있다.

본 적이 있는, 아니, 사용한 적이 있는 스킬과 비슷한 공격.

다음에 눈을 떴을 때 카스미는 4층 마을 입구 바로 앞 광장에 있었다. 4층에서 사망하면 돌아오는 장소이다.

"……훗. 후후후후. 재미있군……. 누가 채가기 전에 해치워 주겠다! 칼에게 지고 살 수는 없지!"

분함과 의욕이 가득한 카스미는 대책을 강구하기 시작했다.

며칠 후, 날아다니는 칼이 있는 곳을 찾아온 카스미는 익숙해진 분위기였다.

카스미가 도전한 횟수는 이미 50번이 넘었기 때문이다.

"……좋아, 가 보자."

카스미가 계단을 내려가 방 안으로 들어가자 지금까지와 마찬가지로 칼이 카스미를 맞이한다.

"…………."

카스미는 조용히 칼을 뽑고, 그 뒤의 움직임을 생각하면서 날아오는 칼과 날을 주고받았다.

금속음이 어두침침한 방에 울려 퍼진다.

날아다니는 칼 위에는 HP 게이지가 있어, 카스미는 그것에 신경을 쓰면서 칼을 휘두른다.

"【도약】!"

칼의 HP 게이지가 조금 줄어들었을 때 카스미는 앞으로 도약했다.

그 직후, 카스미가 있던 공간은 몇 자루나 되는 칼에 꼬챙이처럼 꿰였다.

이 칼은 HP가 일정 수치가 될 때마다 특정 행동을 한다. 다만 패턴이 많아 완전히 파악하기는 매우 어려웠다. 게다가 카스미의 HP를 너무도 쉽게 0으로 만드는 공격력도 사망 횟수를 거듭하는 이유가 되었다. 그래도 이 공격은 역시 이만큼이나 횟수를 거듭하자 간단히 회피할 수 있게 되었다.

"【제1의 검 · 아지랑이】!"

한 번 벌린 거리를 다시 좁혀 칼을 베고는, 카스미는 딱 한 걸음만큼 오른쪽으로 비킨다.

검이 지면에서 튀어나올 것을 알고 있었기 때문이다.

카스미는 칼을 상대하면서 칼을 중심으로 원을 그리듯이 한 걸음씩 이동한다.

카스미가 이동하는 것보다 1초 정도 늦게 칼이 지면에서 튀어나온다.

정지하면 치명상, 지면에서 솟아난 칼은 조건을 만족해야만 사라지기 때문에 서투르게 움직였다간 기회를 잃는다.

카스미가 지금처럼 이동할 수 있게 되기까지는 상당한 시간이 걸렸다.

딱 한 사이클이 돌았을 때 칼의 HP 게이지가 일정 수치까지 줄어들어, 행동이 다음 단계로 넘어간다.

지면에서 솟아난 칼이 사라진 대신 이번에는 천장에서 보라색 불꽃이 쏟아진다.

이것에 맞으면 10초간 AGI가 0이 된다.

정작 중요한 칼은 고속 비상으로 전환하여, AGI가 감소하면 제대로 피할 수 없다는 것은 명백했다.

가스미가 지금껏 가장 막혔던 부분이 바로 이 불꽃의 비였다.

아무리 해도 다음 단계로 넘어갈 때까지 다 피할 수가 없었던 것이다.

그래서 가스미는 지금 사용할 수 있는 스킬을 재검토하고 무언가 돌파구가 없는지 생각했다.

"【마지막 검·어스름달】."

그 결과, 당하기 전에 치기로 한 것이다.

고속 12연격이 부유하는 칼을 꺾을 듯한 기세로 펼쳐진다.

무시무시한 속도로 감소하는 칼의 HP 게이지, 그럼에도 가스미의 표정에는 기쁜 기색이 없다.

그 12연격은 칼의 행동 단계를 세 단계나 뛰어넘어 최종 단계로 이행시켰다.

칼의 HP 게이지는 앞으로 겨우 1밀리미터 정도 남았지만, 이것은 필연이었다.

아무리 강력한 공격으로 HP를 줄여도, 어느 패턴에서든 여기서 아주 약간 남는 것이다.

카스미의 비기인 【도술】 스킬 중 【어스름달】은 카스미의 스테이터스를 일정 시간 반감하고, 나머지 【검】스킬이 사용 불능 상태가 되고 만다.

이 상태로 최종 국면을 맞이하는 것이다.

카스미는 여기를 돌파하지 못하고 50번 넘게 도전하고 있다.

"…………."

칼은 방 안쪽으로 순간이동하고, 그 도신이 지금까지보다 강하고 요사스럽게 빛났다.

일렁이는 불꽃이 카스미를 에워싸듯이 천장까지 치솟고, 그것이 사라졌을 때는 불꽃이 벽처럼 서서 칼까지 길이 만들어져 있었다.

그 거리는 25미터. 폭은 3미터.

카스미는 이 길을 빠져나가 칼에 마지막 일격을 가해야만 한다.

"흡!"

짧게 숨을 뱉고 다소 느려진 다리로 칼을 향해 달려간다.

앞쪽에서는 무수한 칼이 날아들고, 양쪽 벽에서는 정기적으로 불꽃이 뿜어져 나온다.

멈추면 바로 밑에서 칼이 솟아난다.

가까운 듯하면서도 아득히 먼 거리다.

"하앗!"

날아오는 칼에 자신의 칼을 대서 슬쩍 흘리며 나아간다.

불꽃은 AGI를 깎아버리기 때문에 반드시 피해야만 한다. 또한 지면에서 나오는 칼도 맞아서는 안 되는 위력이지만, 날아오는 칼은 그렇지도 않다.

지금까지 공격을 맞지 않았을 경우에 한해 세 방이라면 받아낼 수 있다.

카스미는 순조롭게 절반까지 도달했다는 것을 체감으로 깨닫고 있었다.

"【초가속】!"

온존해 두었던 【초가속】으로 더욱 공격이 거세지는 지대를 뚫고 나가려 한다.

카스미는 어제 공략을 중단하고 사리와 신에게 부탁해 날아오는 검을 회피하는 기술을 갈고닦다.

그 보람이 있어, 카스미에게는 지금까지보다 칼의 궤도가 잘 보였다.

그럼에도 거리가 가까워질수록 반응할 수 없을 만큼 빨라진 칼을 받아내야 했다.

"가라……앗!"

충격과 함께 왼쪽 어깨, 오른쪽 복부, 왼쪽 넓적다리에 칼이 꽂힌다.

아파 보이는 붉은 이펙트가 선혈처럼 터진다.

그래도 멈추지 않는 카스미는 그야말로 수라 같았다.

내민 오른손에 쥔 칼이 날아다니는 칼의 도신에 닿는다.

그와 동시에 칼은 빛을 잃고 조용히 땅에 떨어지고 떠오르듯 이 나타난 패찰이 감긴 칼집에 쏙 들어갔다.

불꽃도, 카스미를 찌른 칼도 사라지고 어둑어둑한 방으로 돌아온다.

"…………."

카스미는 떨어져 있는 칼에 손을 뻗어 주워들었다.

"후홋…… 하하하! 해냈어, 해냈다고! 드디어 해냈다!"

억누를 수 없는 기쁨을 만면에 드러내며 장비로 보이는 아이템을 확인한다.

『**자해의 요도 - 유카리(紫)**』

【STR+30】
【요력】
【자기복구】

【요력】
장비 중 HP 감소 · MP 감소 · 일시적 스테이터스 감소 · 영속적 스테이터스 감소 · 신체 제한을 각각 대가로 하는 다섯 개의 스킬을 포함한다.

【자기복구】
칼집에 두는 동안 내구치가 회복된다.

"시험해 볼까. 적당한 몬스터를 찾으러 가자!"

카스미는 곧장 요도를 장비하고 시험 삼아 베기에 알맞은 HP가 많은 몬스터를 찾으러 갔다.

한동안 걷자 적당한 몬스터를 발견했다.

"좋았어, 저놈은 체력이 많았지."

카스미가 칼을 칼집에서 뽑자 도신에서 뿜어져 나온 연기가 카스미를 감싼다.

"어……라? 응?"

연기는 금세 바람에 날려가듯 사라졌지만 카스미는 확연하게 바뀐 점을 알아챘다.

그것은 자신의 복장.

하반신은 진한 보라색 하카마, 상반신에는 가슴과 양팔에 연한 보라색 무명천이 감싼 것 외에는 아무것도 없다.

팔에 감긴 천과 칼에서는 보랏빛 연기가 뒤쪽으로 계속 흘러나온다.

"…………."

카스미는 드물게도 칼을 칼집에 넣는 데 실패한 다음, 다시 진정하고 칼집에 넣었다.

그러자 보랏빛 연기가 다시 카스미를 감싸고, 복장도 원래대로 돌아갔다.

"이, 익숙해질까? 아니, 하지만…… 천 한 장이라니……."

모처럼 손에 넣은 최상급 장비를 쓰지 않을 수는 없다.

카스미는 헛기침을 하고 희미하게 뺨을 붉히며 칼을 다시 뽑는다.

카스미는 유일하게 뭔지 알기 힘든 신체 제한을 대가로 하는 스킬부터 시험해 보기로 했다.

"【자환도(紫幻刀)】!"

카스미의 몸은 스킬의 보조를 받아 가속하여 똑바로 몬스터에게 향한다.

오른손에 든 칼로 벤다.

스킬 어시스트에 따라 그대로 오른손에서 칼을 놓자 그 칼은 사라지고 왼손에 칼이 나타난다.

그것을 붙잡고 왼손으로 베고, 칼을 놓고 다시 구현화된 오른손의 칼로 벤다.

오른손에서 시작해서 교대로 칼을 휘둘러 상대를 튕겨내고 돌진하면서 10연격.

마지막으로 손에 들었던 칼을 놓고 카스미는 가슴 앞에서 세차게 손을 마주쳤다.

내던져진 열 자루의 칼.

그 칼들이 몬스터를 둘러싸듯이 떠오르더니 일제히 꽂혔다.

합쳐서 연속 20타. 체력이 다소 많기만 한 몬스터가 그 공격을 버틸 수 있을 리가 없었다.

스킬이 끝나자 카스미의 오른손에 칼이 돌아왔다.

"좋군…… 좋아."

복장만 신경 쓰지 않으면 완벽하다고 생각하던 카스미를 다시 보랏빛 연기가 뒤덮는다.

"어……이쿠, 사라졌나. 아차, 칼을 떨어뜨렸……?"

떨어져 있는 칼에 손을 뻗은 카스미는 그 손이 몹시 작다는 것을 깨닫는다.

"으……응?"

하카마는 시스템에 의해 벗겨지지 않고 유지되어 있지만 헐렁헐렁하고, 팔과 가슴을 감싼 천도 느슨해져 있다.

키는 120센티미터도 되지 않으리라.

"이건…….."

현재 상황을 확인하고 있는 카스미에게 다른 몬스터가 다가온다.

몬스터는 사정을 봐주지 않는다.

"엇……!? 이, 이봐 기다려! 애교 있는 모습이잖나! 아마도! 모른 체해라! 우……웃."

목숨 구걸이 통할 리도 없어, 카스미는 마을로 송환되었다.

마을로 돌아갔을 때는 헐렁했던 상반신의 천은 다시 조여져 있었지만 몸은 작아진 그대로였다.

카스미는 스테이터스를 확인했다.

"10분 동안 이대로…….."

포기한 카스미는 옷자락을 질질 끌면서 가까이 있는 긴 의자

까지 걸어가, 거기 앉아서 눈을 감아 주위 시선을 차단하고 시간을 보냈다.

◆ □ ◆ □ ◆ □ ◆ □ ◆

키스미는 칼을 손에 넣고 나서는 다시 통행허가증 랭크를 올리는 데 전념하기 시작했다.

한편 그로부터 다시 일주일이 지났을 무렵, 메이플은 길드 책상에 넙죽 엎드려 있었다.

"사—리—이…… 통행허가증 랭크가 안 올라가……."

메이플이 맞은편 의자에 앉아 있는 사리에게 말을 건다.

"뭐, 메이플은 시간이 좀 걸릴지도 모르겠네."

이 말의 이유인즉슨, 통행허가증 랭크를 올리려면 어쨌거나 마을 안팎을 뛰어다녀서 심부름 이벤트를 수행해야 하기 때문이다.

그리고 이벤트 내용은 채집에서 토벌까지 다방면에 이른다.

카스미의 속도가 이상하게 빠를 뿐, 원래는 상당한 시간을 요하는 것이다.

메이플은 방어력과 맞바꾸어 여러 가지를 내버리고 말았기 때문에 보통보다 더 스피드가 떨어지고 말았다.

사리의 통행허가증에 적힌 글자는 〈漆〉, 메이플은 받았을 때와 똑같이 〈伍〉다.

"빨리 안쪽까지 가 보고 싶은데에…….."

메이플이 그렇게 중얼거리자, 분명하게 느낄 수 있는 땅울림이 4층 전체에 발생했다.

"뭐, 뭐야?"

"모르겠어…… 어?"

메이플과 사리에게 동시에 운영진의 알림이 왔다.

두 사람이 각각 메시지를 열어 확인한다.

【플레이어가 처음으로 〈玖〉의 기둥문을 돌파하여 마을이 원래 모습을 되찾았습니다. 또한 이에 따라 아이템, 퀘스트가 추가되었습니다.】

"사리! 잠깐 나가 보자!"

"응, 한번 볼까."

두 사람이 길드에서 나가자 확실히 달라진 점이 있었다.

"오오……? 저건…….."

"음……. 보기에는…… 도깨비네."

거기에는 사람이 아닌 것, 보기만 해도 알 수 있는 도깨비 등을 비롯한 귀신이나 요괴라 불리는 것들이 활보하고 있었다. 그것들은 모두 이 마을의 주민으로서 생활하고 있는 것이다. 마을 여기저기에 읽을 수 없는 글자가 적힌 아이템이나 수상한 약 같은 것도 판매되기 시작했다.

4층은 요괴와 주술의 마을이었다.

"사리? 이런 건 괜찮아?"

메이플이 둥둥 떠오르는 도깨비불을 가리킨다. 아무리 봐도 사리가 싫어하는 타입의 물체다.

"다가오지 않고, 놀래키지 않으니까…… 무시하면 되는걸."

말은 그래도 좋아하는 건 아니라서 표정이 밝지는 않았다.

사리는 지나가는 도깨비불을 신경 쓰면서 메이플에게 말한다.

"도달한 사람은 카스미일까?"

"엄청나게 진행한 것 같았으니까 그럴 거 같아."

두 사람은 지금 여기 없는 카스미를 떠올린다.

그리고 그 예상은 맞았다.

〈玖〉라고 적힌 기둥문을 지나서, 그곳에 카스미가 주저앉아 있었다.

카스미가 기둥문을 지나자마자 눈앞에 펼쳐진 마을에서 보랏빛 연기가 뿜어져 나오더니, 무슨 영창이 울려 퍼지고 눈부신 빛이 일어났다. 그리고 요괴가 점점 불어나 옆을 지나가는 광경에 놀라, 일어서지도 못하고 그것을 보고 있었던 것이다.

카스미에게도 운영 메시지가 도착해 사태를 파악했다.

"과연……. 여차…… 후우."

카스미는 일어나더니 다시금 새로운 구역을 내다본다.

"다음 기둥문은 가깝군."

지금 지난 기둥문에서 뻗어 있는 길은 하나뿐이다.

요괴들이 걸어 다니는 큰길, 양쪽에 가게가 차려진 그 길을 끝까지 가자 멀리서도 보였던 한층 높은 탑 앞에 도착했다.

그 건물 입구 앞에 〈拾〉번 기둥문이 세워져 있는 것이다.

그리고 그 기둥문 옆에는 팻말이 있었다.

【다음 대의 주인은 빨간 도깨비의 뿔, 용의 역린, 하늘의 물방울을 가진 자에게 맡긴다.】

팻말을 읽은 카스미는 자신이 모은 수많은 아이템을 떠올린다.

"지금까지 살 수 있었던 아이템 중에는 없었지……. 아이템도 늘어난 모양이니 재탐색하러 갈까."

카스미는 세 가지 아이템의 정보 수집도 겸하여, 무언가 아이템이 추가되지 않았는지 기대하면서 가게를 돌아보기 시작했다.

그리고 그것은 어느 플레이어나 마찬가지였다. 크게 달라진 마을에서 새롭게 무언가가 늘어나지 않았는지 일제히 탐색을 개시한 플레이어들과 NPC인 요괴들로 지금까지 조용했던 마을이 떠들썩해졌다.

메이플도 사리와 함께 새로운 아이템을 보러 다니기로 하고, 가까이 있던 가게에 들어간다.

인간이었던 가게 주인은 여우 꼬리와 귀가 달린 여성으로 변해 있었다.

"변신했던 걸까?"

"그럴지도 몰라."

두 사람은 새로운 상품을 둘러본다.

실용적인 아이템에서부터 그렇지 않은 것까지, 이 가게만 해도 본 적도 없는 아이템이 몇 가지나 있었다.

"봐, 메이플. 이거."

그렇게 말하고 사리가 손에 든 것은 끈으로 묶인 세 장의 부적이었다.

사리는 왼손에 흰 부적, 오른손에 검은 부적을 들고 있다.

"두 개는 효과가 다른가?"

"응. 검은 건 3분간 대상의 스킬을 하나 랜덤으로 사용불능으로 만들어. 흰 건 사전에 스킬을 골라 두고 그 스킬이 「봉인」될 때 대신해 준대."

사리가 둘 다 매수만큼, 즉 세 번 사용할 수 있다고 덧붙였다.

"호오……. 그렇구나."

"흑백 한 세트씩밖에 소유할 수 없지만."

"……일단 사 놓을까?"

"그게 좋을 거야. 어딘가 사용할 타이밍이 있을지도 모르고."

사 놓아도 손해는 없는 아이템이었기 때문에 두 사람은 부적을 두 가지 색깔 전부 구입하기로 했다.

"사리! 사리! 이런 것도 있어."

그렇게 말하며 메이플이 보인 것은 뿔 장식과 귀 장식이다.

"시험 삼아 한 번 달아 보지?"

시착 가능 표시를 본 사리가 메이플에게 제안한다.

"음……, 앗! 그럼 이거!"

메이플이 단 것은 또르르 말린 뿔이다.

"음……."

"양이 됐을 때 어울릴까 싶어서!"

"응! 아아, 양…… 그렇구나. 응, 어울리지 않을까."

"그럼 사리는 이게 어때!"

"어? 나는 딱히……."

메이플이 건넨 것은 새하얀 여우귀와 꼬리 세트다.

"오보로랑 세트!"

"그러네……. 사람들 없는 데서라면 달아도 되려나? …… 꼬리까지 다는 건 좀 부끄러우니까."

만약 이것들이 플레이어 사이에 퍼지면 달아도 괜찮을지도 모르겠다고 생각하면서, 사리는 메이플과 함께 계산을 마치고 가게를 나왔다.

"오늘은 이따가 잠깐 볼일이 있어서 로그아웃 할게……."

"오케이! 바이바이, 사리!"

"응, 바이바이, 메이플."

사리는 빛에 감싸여 사라졌다.

혼자 남은 메이플이 그럼 뭘 할까 생각하고 있자, 기억에 있는 인물이 시야 구석에 들어왔다.

"앗, 미이다. 저쪽은…… 뭐가 있었더라?"

미이가 두리번두리번 주위를 둘러본 후 좁은 골목으로 들어간 것을 보고 메이플은 똑같은 길로 가 보기로 했다.

지난번 이벤트를 계기로 알게 되어 꽤 사이가 좋아진 미이에게 말을 거는 것도 좋을 것 같았다.

모퉁이가 많은 길을 나아가자 미이의 목소리가 들려왔다.

숨을 필요는 없는데도 메이플은 왜인지 멈춰 서서 모퉁이에서 슬쩍 미이가 있을 듯한 방향을 본다.

"좋아……. 힐링하고 나면 몬스터를 잡으러 가자."

그렇게 말하고 미이는 파란 패널을 불러내 장비를 변경하기 시작했다.

그걸로 끝이 아니라 외모를 변경하는 아이템도 사용하기 시작했다.

빨간 머리는 새하얀 긴 머리로 변하고 옷은 파랑과 흰색으로 변경해서, 언뜻 보기에는 미이라는 걸 알 수 없을 것이다.

평소의 붉은 모습이 인상적이기 때문이다.

"좋아!"

미이는 문을 열고 안으로 들어갔다.

"⋯⋯⋯⋯⋯봐서는 안 되는 거겠지? 어, 어어어쩌지!?"

메이플은 결과적으로 뒤를 밟아 엿본 꼴이 되고 말았다.

메이플은 누구에게도 말하지 않기로 결심하고, 그래도 미이에게는 보고 말았다는 것을 알리자고 생각했다.

"일단⋯⋯ 들어간 가게는⋯⋯."

작은 간판을 확인하자 거기에는 【몽실몽실 만남의 방】이라고 쓰여 있었다.

"⋯⋯좋아. 후우⋯⋯."

메이플은 문을 열고 들어가서 접수대 사람에게 대금을 지불하고 안으로 들어간다.

안에는 둥실둥실 떠 있는 복슬복슬 고양이가 몇 마리나 있었다.

그리고 그 안쪽에 완전히 풀린 표정으로 미이가 앉아 있었다.

미이는 메이플이 온 걸 알아차리자 안고 있던 고양이로 얼굴을 슥 가렸다.

아무리 변장했어도, 친한 상대와 얼굴을 마주치면 들키고 말 것이 뻔했기 때문이다.

얼굴까지는 바뀌지 않은 것이다.

메이플은 그런 미이에게 다가가 모든 것을 이야기하고 의도치 않게 보고 만 것을 사과했다.

"아냐, 괜찮아. 게다가⋯⋯ 누군가는 알아줬으면 했는지도 몰라. 계속 연기하는 것도 힘들어서⋯⋯. 아하하⋯⋯."

"정말 미안해. 사과의 뜻으로…… 뭔가 내가 할 수 있는 일이 있으면 말해 줘!"

"……그럼 나중에 몬스터 잡는 걸 좀 도와주면……."

메이플은 그런 거라면 좋다고 쾌히 승낙하고, 미이와 함께 잠시 동안 복슬복슬 타임을 만끽했다.

3장 방어 특화와 별이 쏟아지는 밤.

　메이플은 평소의 붉은 옷으로 갈아입은 미이와 파티를 맺고 함께 마을 밖으로 향했다. 미이는 평소의 연기 모드로 돌아가 있었다.

　"아, 맞다. 으음, 왜 연기하는 거야?"

　메이플은 미이에게 소곤소곤 이유를 묻는다. 그러자 미이도 소곤소곤 대답했다.

　"뭐라고 해야 되지, 중간에 그만둘 수가 없게 돼서."

　"……그럼, 우리 둘만의 비밀인 걸로 하자!"

　"어어…… 후훗, 고마워."

　안심한 듯이 웃음을 짓는 미이에게 메이플도 미소로 답한다. 두 사람은 이야기를 하며 필드로 나간다.

　"난 발이 느리니까, 【포학】! ……가고 싶은 곳까지 태워 줄게!"

　"……타, 탄다?"

　미이가 겉보기에 무섭게 생긴 다리를 기어올라 등에 걸터앉는다.

미이도 설마 타게 될 줄은 생각도 못했겠지.

미이는 그대로 메이플을 향해 가고 싶은 장소를 말한다.

"오케이, 출발—!"

쭉 가속해 달리기 시작한 괴물은 필드에 있는 몬스터보다 더 몬스터 같았다.

그리고 한동안 달렸을 때 두 사람은 목적지에 도달했다. 그곳은 작은 폐촌으로, 너덜너덜해진 집에는 부적이 붙어 있다.

"영……차. 【염제】!"

미이는 메이플에게서 내려 기지개를 쭉 켜더니 스킬을 발동시켰다.

그것을 신호로 하듯이 공중에 푸른 도깨비불이 잇달아 나타난다. 그것들은 두 사람을 향해 불꽃으로 공격하려 했지만, 그러기도 전에 미이의 업화에 불탔다. 다만 몬스터도 불을 사용하는 만큼 불 내성이 높아서 미이에게도 불꽃이 잇달아 날아온다. 어느 정도는 어쩔 수 없다 생각하며 대미지를 가능한 한 줄이기 위해 미이가 움직이려고 했을 때 메이플이 스킬을 발동했다.

"【헌신의 자애】!"

메이플이 발동한 스킬이 미이를 완벽하게 지켜낸다.

그 스킬은 적으로 돌리면 두렵지만 한편이 되면 회피나 방어의 존재를 잊어버리게 될 만큼 든든하다.

실제로 미이는 방어행동을 취할 필요가 전혀 없어졌다.

메이플이 옆에 있어 주기만 하면 몬스터의 HP를 깎는 것만 생각해도 되는 것이다.

"……이거야 이길 수 없을 만해."

그렇게 이동하면서 사냥은 계속되고, 얼추 다 정리했을 무렵 미이는 힘이 쭉 빠졌다.

마지막으로 이동해 도착한 호수를 뒤에 두고 미이가 주저앉는다. 밤부터 시작했긴 하지만 벌써 날짜가 바뀌려 하고 있다.

"고마워, 메이플. 미안해, 너무 오래 끌고 다녔네……."

집중하지 않고, 더군다나 잡담을 하면서도 여유롭게 사냥할 수 있는 것이 즐거워서 그랬다고, 미안한 듯이 미이가 메이플에게 솔직하게 고마움을 표한다.

"아니, 괜찮아! 하지만 오늘은 슬슬 끝낼까…… 졸려."

현실에서도 밤이 깊어졌다. 메이플도 평소라면 로그아웃 했을 시간이었다.

"정말 고마워, 나도 끝낼까. 평소보다 열심히 공격했더니 피곤한 것 같아."

"맞다! 그럼, 마지막으로 한 번 더 힐링하고 갈래?"

메이플은 그렇게 말하더니 【포학】을 해제하고 괴물 속에서 훅 내려왔다.

사람 모습으로 돌아간 메이플은 스킬을 발동해 2미터가 넘는 복슬복슬한 털뭉치가 되었다.

미이는 조심조심 그것을 만진다. 그러자 폭신하고 부드러운 감촉이 느껴진다.

"안으로 들어와―."

"어? 들어오라고 해도………… 으, 으음."

미이는 쭈뼛쭈뼛 털을 비집고 안으로 들어간다.

막상 들어가 보니, 기분 좋은 부드러움에 감싸여 몸에서 힘이 빠진다.

"아…… 좋다……."

"다행이다―."

미이가 메이플 위에 올라타듯이 파고들고 십여 분이 지났다.

힐링 중이던 때, 두 사람은 털뭉치가 위쪽으로 쑥 끌어당겨지는 감각을 느끼고 각각 반응했다.

"뭐, 뭐야?"

"으응?"

두 사람이 나란히 털뭉치 옆쪽에서 얼굴을 쏙 내밀었다.

털뭉치는 중력의 사슬에서 벗어나 두둥실 떠올라서 호수 바로 위까지 둥둥 날아갔다.

"메이플, 어, 어떻게 된 거야!?"

"모르겠어!"

호수 바로 위에 도착한 털뭉치가 그대로 하늘로 상승한다.

"이건…… 이벤트?"

"글쎄? 떨어져도 내가 지킬 수 있으니까 괜찮지만……."

두 사람이 수면에서 10미터 정도 상승했을 때 호수의 물이 기둥처럼 뻗어 나와 두 사람을 둘러싼다.

그것도 한순간이고, 빛에 감싸인 두 사람은 다음에 다른 장소에 있었다.

"이, 일단 나갈게?"

미이가 털뭉치에서 쏙 빠져나와 바로 옆에 내린다.

메이플은 그대로는 움직일 수가 없기 때문에 미이에게 털을 태워달라고 해서 땅에 내려선다.

아니, 정확하게는 땅이 아니다.

"여기, 어디야?"

"메이플……. 으음, 구름 위?"

메이플이 지금 밟고 있는 것은 땅이 아니었다.

푹신하고 부드러운 구름이었던 것이다.

발밑을 확인한 메이플은 이번에는 하늘을 올려다보았다.

"별이 엄청 멋져……."

별들이 눈이 부실 정도로 빛나고 있다. 무심코 홀린 듯 바라보게 되는 광경이었다.

"응, 예쁘다. 별이 쏟아지는 밤이란 이런 밤일까?"

두 사람은 한동안 밤하늘을 봤다.

메이플은 밤하늘을 바라보고 있는 동안 잠이 깼는지, 주위를 둘러봤다.

"……어떡할래? 우선 이동해 볼까? 다시 오는 방법도 잘 모르고……."

메이플의 제안에 미이도 찬성해, 두 사람은 겨우 넘을 수 있을 만한 약간 낮은 구름의 벽 너머로 간다.

그렇게 이동하는 동안 밤하늘 속에 똑바로 뻗은 구름의 길에 도착했다. 그 길은 저 멀리까지 뻗어 있어, 그 끝에 뭔가 있을 것 같다는 생각이 들었다.

두 사람은 아슬아슬하게 나란히 설 정도의 길에 발을 디뎠다.

"응? 메이플! 위!"

"위? ……【헌신의 자애】!"

메이플은 한번 해제했던 【헌신의 자애】를 다시 사용해 미이를 지킨다.

그 직후, 하늘에서 빛나는 물체가 길에 쏟아져 내렸다.

메이플은 그것을 뒤집어쓰면서 뒤돌아 피한다.

그러자 빗발처럼 쏟아지던 것이 멎었다.

두 사람은 쏟아져 내린 것이 뭔지 짐작할 수 있었다.

"미이 말대로, 별이 쏟아지는 밤이었어……."

"물리적으로 쏟아질 거라고는 아무도 생각 안 할걸……."

"얼마만 한 위력인지는 모르겠지만, 나라면 버틸 수 있으니까 앞으로 갈 수 있을 것 같아."

메이플은 미이와 함께 다시 걷기 시작했다.

쏟아져 내린 별이 메이플에게 부딪히고 튕겨 나간다.

"사리라면 전부 피할까?"

"아니, 아무리 그래도 어렵지 않을까……?"

길에는 쉴 새 없이 별이 떨어진다.

피해서 가자고 생각할 만한 상황이 아니었다.

그렇게 나아가던 중에 길의 종착점이 다가왔다.

"상당히 큰 별도 떨어지는데……."

그렇게 말하는 사이에 커다란 별이 메이플에게 직격해 미이가 무심결에 눈을 감았지만, 메이플은 아무렇지도 않은 기색으로 발걸음을 옮긴다.

"문제없어! 도착!"

긴 길을 따라서 간 끝에는 구름의 벽이 있었다. 그리고 그곳에 굴이 있었다.

여기까지 와서 들어가지 않을 수는 없어서 두 사람은 그곳을 신중히 나아간다.

굴은 그렇게 길지 않아서 금방 종착점이 나타났다.

그곳에서는 환한 빛이 쏟아지고 있었다.

조용히, 실처럼 뻗어 나오는 빛.

그것이 하늘에서 구름으로 된 그릇으로 이어지고 있다.

"오오……."

"이거……."

두 사람은 그릇에 다가가 고인 빛을 만져 본다.

무언가를 만졌다는 감각은 없었지만, 두 사람은 각각 어떤 한 가지 아이템을 손에 넣었다.

"【하늘의 물방울】?"

"사용법은…… 알 수 없는 것 같아. 소제 같은 걸지도."

"미이는 여기서 구할 수 있는 게 이것뿐이라고 생각해?"

"아마도. 외길로 여기밖에 갈 수 없었으니까."

하긴 그렇다고 메이플도 납득하고, 두 사람은 여기서 탐색을 마치기로 했다.

"그럼 이걸로 진짜 끝이네! 수고했어—. 아, 또 뭔가 있으면 같이 놀까?"

"응, 그러네. 나도 그러고 싶어. 후— 오늘은 끝. 정말 고마워, 메이플."

이렇게 생각지 못한 모험도 끝나고, 각각 로그아웃했다.

다음 날.

메이플은 사리에게 미이와 파티를 맺었던 일과, 손에 넣은 【하늘의 물방울】에 대해 이야기하고 있었다.

"음……. 뭔가 키 아이템일지도 모르니까 보관해 두면 되지 않을까? 그나저나 미이와 탐색을 했구나."

"어어…… 뭐, 이것저것 사정이 있어서?"

메이플이 하고 싶은 대로 하다가 성과를 내고 오는 건 자주 있는 일이라, 사리는 메이플이 즐겁다면 그걸로 됐다며 그 이상 물으려 하지는 않았다. 메이플도 미이와의 약속이 있어서 이야기를 마무리하고 다음 화제를 입에 올린다.

　"그리고, 슬슬 통행허가증 레벨도 올려야 하는데."

　지금까지 중에 가장 할 일이 많은 층이어서, 매일이 이벤트 기간이라 해도 과언이 아닐 정도였다.

　"나도 빨리 〈拾〉으로 만들어야지. 먼저 앞에서 기다릴게."

　"응, 꼭 따라잡을 거야!"

　처음에는 카스미가, 뒤이어 사람들이 잇달아 〈玖〉의 기둥문을 통과했다.

　그리고 그중 한 사람이 정보를 공개하면서 11월 초에 이 마을의 최종 목표가 밝혀졌다.

　그렇다. 세 개의 키 아이템을 모으는 것이다.

　이미 그중 하나——【하늘의 물방울】을 손에 넣은 【염제의 나라】의 미이와 【단풍나무】의 메이플이 있어서, 두 길드의 다른 멤버들은 정보 수집 과정을 건너뛰고 【하늘의 물방울】을 입수하려 했지만, 【염제의 나라】는 구름 던전 안에서 쏟아져 내리는 예상을 웃도는 별의 위력에 고전하게 되었다.

　【염제의 나라】에서는 때때로 메이플이 미이에게 부탁을 받고 조력자로 가서 차원이 다른 능력을 새삼 재인식시키기도 했다.

보수를 받아서 궁핍했던 메이플의 지갑 사정이 좋아지기도 했다.

한편【단풍나무】는 풀 멤버로 한 번, 그리고 사리가 그 후 단독으로 한 번 공략해 깔끔하게【하늘의 물방울】을 손에 넣었다. 메이플만 있으면 길을 걸어가기만 하면 되는 간단한 구역이다.

이렇게 해서, 이제 다음 아이템은 어디인지 찾게 되었다.

◆ □ ◆ □ ◆ □ ◆ □ ◆

며칠이 지나【하늘의 물방울】에 이어 남은 두 개의 키 아이템도 플레이어들의 탐색에 의해 입수 장소가 밝혀졌다.

정보가 퍼져서 조사만 하면 세 개의 키 아이템이나 그것을 지키는 몬스터에 대한 자세한 내용을 알기는 쉬웠다.

솔로가 아니면 못 가는 것은 아니지만 그래도 난이도가 높아서 현재는 클리어할 수 있는 플레이어가 적었다.

"음…… 지금은 됐어. 조만간 다 함께 갈 수 있으면."

사리는 모은 정보를 통해 혼자서는 고생할 거라고 판단했다.

주위에는 든든한 동료가 있으니 기대지 않을 수 없다.

"그럼, 통행허가증 레벨을 올릴까."

사리가 길드를 나오려 했을 때 마침 길드 문이 열렸다.

문앞에는 사리가 요즘 자주 보는 인물이 있었다.

"아, 마침 나가려던 참이었어~?"

【집결의 성검】 소속 마법사, 프레데리카다.

이따금 찾아와 사리에게 결투를 신청하고는 지고 돌아가는 것까지가 한 세트이다.

지금은 사리의 전승이긴 하지만 프레데리카도 조금씩 사리에게 공격을 맞힐 수 있을 것 같아졌다.

"그래, 통행허가증 레벨을 올리려고 잔챙이를 사냥하게."

"그렇구나……. 기다리기도 뭣하고~ 나도 도울게. 얼른 끝내고 한판 하자!"

"좋아, 그럼 얼른 사냥하러 가자."

"나도 여러모로 전술을 생각해 왔다구~."

"그거 항상 하는 소리 아냐?"

"항상 새로운 전술이 한 번에 깨지니까 어쩔 수 없잖아~? 일격만 넣으면 되는데 말이야~."

프레데리카는 사리의 내구력이 한 방에 침묵하는 수준이라는 걸 알고 있다. 그리고 프레데리카는 범위 공격이 특기인 플레이어다.

그래서 사리도 결코 방심할 수 없다.

사리는 이번에는 어떻게 이길지 머리를 굴리면서 프레데리카와 함께 필드로 나갔다.

"역시 마법도 좋다아."

사리가 한 마리 한 마리 베어 넘기는 사이에, 프레데리카는 특기인 탄막으로 연달아 데미지를 가한다.

그런 모습을 보면 좀 더 마법을 써 보고 싶어지는 법이다.

지금의 사리는 벽을 만들어 공격을 빗나가게 하는 정도밖에 마법을 쓰지 않는다.

MP도 그지 그래시, 보다 공격력을 기대할 수 있는 【AGI】와 【STR】을 메인으로 돌린 것이다.

사리는 메이플에 비해 레벨 올리기에 힘을 쏟아 메이플과의 레벨 차이를 따라잡았다.

지금 사리의 레벨은 34이다.

"자! 이걸로 라스트!"

사리의 공격이 몬스터에게 빨려 들어가 HP를 완전히 0으로 만들었다.

그와 동시에 사리의 레벨이 1 올라 35가 된다. 더구나 통행증을 랭크업하기 위한 조건도 클리어했다.

"음……. 응─, 후훗."

"뭐 재미있는 일이라도 있었어~?"

"응, 레벨이 같이 올라갔을 뿐이야. 볼일도 끝났고, 한판 붙어 볼래?"

사리가 그렇게 말하자 프레데리카는 기다렸다는 듯이 크게 고개를 끄덕였다.

두 사람이 결투를 승낙하자 몸이 빛에 감싸이고 몇 번이나 체험한 전이의 감각을 맛본 뒤 외부와 차단된 공간이 눈앞에 펼쳐진다.

결투 개시까지의 시간을 설정하고, 두 사람 사이에 전투 전 특유의 긴장감이 감돈다.

결투 개시 신호와 동시에 사리가 똑바로 프레데리카에게 달려들려 한다.

"엇?"

하지만 사리는 발을 멈출 수밖에 없었다.

프레데리카가 평소처럼 탄막 공격을 하면 대처하기 쉬웠겠지만, 프레데리카의 이번 첫수는 몇 개나 되는 벽을 만들어 이동을 막는 것이었기 때문이다.

물과 모래의 벽이 사리를 에워싸듯이 일어선다.

"【도약】!"

딱히 무언가가 날아온 것은 아니었지만 사리는 약간 왼쪽으로 도약했다.

나쁜 예감, 어쩐지 위험한 느낌.

사리는 지난번 이벤트에서 익힌 감각에 몸을 맡긴 것이다.

사리가 민첩한 움직임으로 벽 옆을 빠져나갔다.

그렇게 해서 바람의 칼날로 벽을 부수어 휘말리게 하려던 프레데리카의 면 공격이 불발로 끝난다.

사리는 방어력, HP 둘 다 바닥이기 때문에 이렇게 막 나가는 공격이라도 맞기만 하면 쓰러뜨릴 수 있었을 것이다.

"또 예지야~!"

"그런 게 아니, 야!"

사리는 똑바로 프레데리카에게 달려간다. 프레데리카도 즉시 다음 플랜을 세운다.

""앗.""

그것은 갑자기 일어났다.

두 사람의 목소리가 겹친 것은 우연이었다.

프레데리카가 다시 벽을 만들었을 때 딱 사리의 발끝 위치에서 벽이 튀어나오는 꼴이 되어, 사리가 발이 걸린 것이다.

바람의 칼날이 닿는 루트에서는 벗어났지만, 사리는 균형을 잃었다.

"【다중염탄】!"

이 기회를 놓치지 않기 위해, 프레데리카의 손에 익은 마법이 저절로 반응해서 튀어나간다.

사리는 그것을 구르듯이 피했다.

그때부터는 프레데리카에게 몹시도 느리게 보였다.

마지막 화염탄이 사리의 어깨에 빨려들듯이 다가가 터졌다.

실체가 있는 걸 보면 【신기루】도 아니다.

한순간에 생각한 프레데리카는 마침내 이겼다고 생각했다.

"해냈다아아!"

주먹을 꽉 쥐고 몸을 굽히고 기쁨에 떤다.

염원하던 승리를 손에 넣어, 프레데리카는 주의력이 떨어져 있었다.

그래서 사리의 접근을 깨닫지 못했다. 사리가 아직 살아 있다는 것을 깨달았을 때는 이미 대거가 몸에 깊숙이 박혀 있었다.

"어, 라?"

"유감이지만, 헛된 꿈인걸?"

반격태세를 갖추기도 전에 프레데리카의 HP는 0이 되었다.

원래 필드로 돌아가기 전, 프레데리카가 마지막으로 본 것은 1밀리미터도 줄어들지 않은 사리의 HP 게이지였다.

"우~? 우우~? 어째서?"

"귀중한 비법은 안 가르쳐 줘. 너와 난 적이잖아."

"우우, 그렇겠지, 응. 다음엔 꼭 이길 테니까 두고 봐~."

프레데리카는 사리에게 바이바이 하고 손을 흔들고 떠나갔다.

"……위험해라 위험해, 역시 방심하면 안 되겠어."

그렇게 말하고 사리는 자신의 스테이터스를 슬쩍 보았다.

【매미 허물】

하루에 한번, 치사량의 대미지를 무효화한다.
1분간【AGI】50% 상승.

레벨 35까지 노 대미지일 것을 조건으로 얻은 스킬.

이 스킬을 취득한 것도 있어서, 사리는 평소보다 집중력이 떨어져 있었다.

지금까지는 절대로 공격을 맞으면 안 되는 상황이었기에, 그 점이 사리의 집중력을 높이고 있었다고도 할 수 있다.

"또 회피 연습을 해 두자, 응. 첫 대미지는…… '그때' 까지 아껴 두고 싶으니까."

사리는 그렇게 혼자 중얼거리고 곧바로 잔챙이 몬스터에게 공격을 받으러 갔다.

4장 방어 특화와 용 퇴치.

　사리는 다시 회피를 단련하고, 메이플은 통행허가증을 위해 퀘스트를 진행한다.

　4층은 할 일이 많아서 수많은 플레이어가 마을과 필드를 뛰어다니고 있었다.

　【단풍나무】 멤버들도 예외는 아니라, 특히 선두를 달리는 자들은 각각 목적을 가지고 바쁘게 행동하고 있었다.

　그리고 사리의 레벨이 35가 된 날로부터 며칠이 안 지나 '그 날'이 찾아왔다.

　【단풍나무】 전원이 용을 퇴치하러 가기로 한 것이다.

　전원이 모여 갈 수 있는 타이밍이 생겨 곧장 가기로 했다.

　메이플만 있으면 다 가도 전멸할 리스크는 거의 없었다.

　사리가 모은 정보를 토대로 전원의 스킬을 살려서【용의 역린】을 드롭하는 보스를 잡는 방법을 생각하게 되었다.

　"정보에 따르면…… 비행 중에 공중에서 전기 구슬을 토한다. 그러니 고도를 낮춘 타이밍에 마법이나 활로 공격. 마법 공격력이 떨어지니까 활을 추천. 일정 수치까지 HP를 깎으면 지면 근처에 내려와서 돌진이나 발톱 공격, 브레스…… 관통 공격은 발톱뿐. 잠시 후엔 하늘로 돌아가는 것 같음. 전장은 던전 형태가 아니다. 이 정도일까."

"이건 거의 이겼다고 봐야겠군."

메이플에게 얼마나 유효타를 줄 수 있는지가 적의 승률과 직결되므로, 크롬의 말도 지당했다.

"마침 4층에서 【용 죽이기】 스킬을 손에 넣었으니까. 지상에서 공격하는 역할을 맡겠다."

카스미의 스킬은 드래곤, 용 같은 몬스터에게 주는 대미지가 증가하는 것이다.

"유이와 저도 내려왔을 때 공격하는 역할로 부탁드려요."

마이와 유이도 지상 공격 멤버에 들어가, 지상에 내려온 용이 살아남을 수 없는 포진이 완성되었다.

크롬과 메이플을 돌파해 마이와 유이를 쓰러뜨리지 않으면 죽음을 면치 못하겠지.

"메이플과 내가 하늘에 있는 용을 공격하는 느낌일까? 원거리로 공격할 수 있다는 걸 생각하면."

"그렇네, 하지만…… 그것밖에 없을 것 같아."

마법 공격력이 줄어든다고는 하나, 카나데의 마법도 귀중한 대미지 원천이다.

"시간이 좀 걸릴 것 같지만…… 지는 일은 없으려나."

사리가 기본 방침도 정리하고 이제 출발하자는 분위기가 된 그때. 메이플이 입을 열었다.

"음…… 나도 작전을 생각해 봤는데, 괜찮을까?"

"얘기해 볼래?"

메이플은 떠올린 작전을 설명하기 시작했다.

【단풍나무】 일행은 용이 있는 장소로 이어지는 마법진이 있는 정상을 향해 산을 올라갔다.

도중에 튀어나오는 몬스터는 메이플의 수호에 튕기고, 나머지 일곱 명의 공격에 퇴치된다.

"도착!"

"응, 저 마법진이야."

눈앞에는 휘황찬란하게 빛나는 마법진.

여기에 올라서면 바로 전투 필드다.

"그럼 메이플의 작전대로 가자."

사리의 발언을 끝으로 전원이 마법진의 빛에 감싸여 그 자리에서 사라졌다.

도착한 곳은 이전에 메이플이 악마와 싸웠던 장소와 비슷한 황야였다.

아득히 높은 어두운 하늘에서 새하얀 비늘을 가진 용이 날아오는 것이 메이플 일행의 눈에 보였다.

저공비행이 아닌 상태에서는 마법 공격도 닿지 않는다. 그런 높이에서 용은 파직파직 소리를 내며 허옇게 빛나는 구슬을 메이플 일행을 향해 쏘았다.

그것은 정확하게 일행이 있는 장소에 떨어졌지만, 메이플은 피해 없이 쌩쌩하다.

"응, 괜찮아!"

"오케이. 그럼 메이플, 예정대로 가자."

"응! 그럼, 카스미?"

"그래, 알고 있다."

쏟아지는 공격은 개의치 않고 용 토벌 준비가 진행된다.

메이플은 【기계신】의 무장을 전개해 비행 준비를 갖춘다. 카스미는 무장을 잘 피하면서 메이플의 등에 달라붙더니, 이즈에게 받은 「도핑 시드」를 사용해 【STR】을 올려 공격력을 높인다.

메이플은 위를 보아 용의 위치를 확인하고는 무장의 포구를 지면으로 향했다.

"그럼 다녀올게!"

폭염과 폭풍이 지면을 휩쓸고, 메이플과 카스미는 상공으로 날아간다.

용이 토하는 구슬을 꿰뚫고 고속으로 입 근처에 도달했다.

카스미는 용의 머리에 뛰어오르고, 메이플은 그대로 용의 몸 옆을 날면서 스킬을 발동한다.

"【흘러나오는 혼돈】! 【히드라】."

"【마지막 검 · 어스름달】, 【자환도】……!"

날고 있는 용의 큰 몸을 옆에서 스치듯이 메이플이 공격하고, 등 위에서는 카스미가 꼬리 방향으로 달리면서 공격해 각각 HP를 깎아 나간다.

이 몬스터는 원래 마법 공격으로 찔끔찔끔 HP를 깎는 것이 정공법이지만 HP를 일정 수치까지 줄이는 것은 수월했다.

메이플은 한발 먼저 꼬리에 도착해 시럽을 불러내서 공중에 띄우고, 포격의 반동을 잘 이용해 그 등에 낙하했다.

"메이플! ……【도약】!"

보랏빛 연기를 흩뜨리며, 작아진 카스미가 거의 구르는 듯한 모습으로 뛰어들자 메이플은 눈을 동그랗게 뜨고 받아낸다.

아직 능숙하게 움직이는 요령을 익히지 못한 탓에 칼을 가지고 올 수 없었던 모양인지, 칼은 낙하하기 시작한 용과 함께 땅에 떨어졌다.

"하아……. 【자환도】는 없었어도 충분했을지도 모르겠군."

"오—! 처음 봤는데, 그렇게 되는구나."

메이플이 신기하다는 듯이 카스미를 보자, 카스미는 시선을 피하려는 듯이 얼굴을 돌린다.

"너무 보지 말아 다오……. 어쩐지 부끄럽다……."

"앗, 미안해. 이다음은 모두에게 맡기자!"

"이것만 없으면 좋은 스킬이다만……."

크롬은 내려오는 용의 모습을 보고 메이플이 없는 동안 공격을 막고 있던 방패를 내렸다.

"온다!"

"괜찮아요, 준비는 다 됐어요!"

마이와 유이가 양손에 대형망치를 들고 용이 돌진해 오는 라인을 에워싸듯이 선다.

【도핑 시드】를 붓고, 카나데가 최대한 많이 걸어 준 【STR 강화】 지원마법에, 사리도 거의 사용할 기회가 없었던 【고무】를 사용해 두 사람의 【STR】을 끌어올린다.

용이 포효와 함께 돌진해 온다.

정해진 행동에 따라 스스로 죽음을 향해 일직선으로 날아갈 수밖에 없는 것이다.

""【비격】!""

휘두른 대형망치에서 날아간 네 개의 충격파는 용의 안면에 맞고 8할 가까이 있었던 HP를 날려버렸다.

"메이플도 엄청나지만, 저 두 사람도 장난 아니군……."

"그러게……."

"나, 지원마법을 너무 많이 걸었나……? 아, 메이플이랑 카스미도 내려왔어."

1분도 안 지나서 보스를 잡고 길드 멤버 수만큼 【용의 역린】을 손에 넣는 데 성공했다.

이보다 더 빠른 속도로 공략하는 자가 나타나는 일은 없이, 대다수의 플레이어에게 용은 강력한 보스로 계속 존재했지만.

카스미는 시렁 위에서 복장을 정돈하고 땅 위에 내려서자 칼을 주우러 갔다. 그리고 【단풍나무】 멤버들은 마법진으로 원래의 산 정상으로 돌아와 용 퇴치는 끝을 맞이했다.

카스미가 아직 작아진 몸에 익숙하지 못한 탓에 전원이 시렁을 타고 산에서 내려간다.

"메이플은 어떻게 그걸로 달릴 수 있는 거지……?"

카스미가 말하는 그것이란 사람이 아닌 【포학】의 모습을 말하는 것이다.

"왠지 모르지만 되더라!"

"……그런가."

카스미는 달관한 얼굴로 그렇게 중얼거릴 뿐이었다.

"카스미가 원래대로 돌아올 때까지 10분 걸리지? 이대로 이 동해서 도깨비 퇴치도 하러 가지 않겠어?"

크롬이 말하는 도깨비란 마지막 키 아이템을 가지고 있는 보스다.

"나도 갈 수 있어! 괜찮아!"

"괜찮지 않아? 그쪽 정보도 구했어."

원래 예상 시간을 대폭 단축한 결과 생겨난 빈 시간을 그대로 다음 보스에게 쓰자는 크롬의 제안은 만장일치로 가결되었다.

"도깨비는 지면에 있으니까, 행동 패턴이 변하기 전에 먼저 마이와 유이가 단숨에 지워 주면……. 두 사람 다 괜찮아?"

""괜찮아요!""

"나도 일단 【헌신의 자애】로 보호할게."

이리하여 일행은 용 퇴치에 이어 도깨비 퇴치를 하러 갔다.

그 도깨비는 흉악한 외모를 보여주고 10초 정도 만에 빛으로 변하고 말았다.

키 아이템 3종을 구하는 데 성공한 카스미는 길드 멤버와 헤

어져 〈拾〉번 기둥문으로 향했다. 메이플 일행은 아직 통행증
랭크가 부족해서 카스미밖에 갈 수 없기 때문에 혼자였다.

"후우……. 자, 뭐가 나올까."

아직 정보는 나오지 않았다.

카스미는 최초 공략자의 한 명으로서 기둥문을 지나 탑에 발
을 들였다.

"우선은 위까지 가 볼까."

보랏빛 불꽃에 비친 복도와 계단을 위로 또 위로 올라간다.

도중에 들어갈 만한 방은 없었다. 경계하면서도 최상층을
향했다.

"엇차…… 아무것도, 없군."

계단을 올라간 곳에는 꽉 닫힌 장지문이 있었다.

무언가가 있다면 이 너머이리라.

카스미는 심호흡을 한 번 하고 장지문을 열었다.

안쪽은 다다미가 깔려 있을 뿐, 별다를 게 없는 방이었다.

그 가장 안쪽에 새하얀 하카마와 기모노를 입고 이마에 두
개의 뿔이 난 백발 요괴가 홀로 앉아 있었다.

특징은 도깨비에 가장 가깝지만, 바로 조금 전에 순삭한 4미
터 가까운 키에 우락부락한 근육질 도깨비와는 다르게 사람
에 가까운 외모였다.

카스미는 이 건물 입구의 팻말에서 본 '다음 대의 주인'이라

는 말에서 아마도 그가 지금의 주인일 거라 생각해 다음 움직임에 주의를 기울였다.

"오오……? 설마 인간이 올 줄이야."

주인이 그렇게 말하고 일어서서 카스미 쪽으로 걸어온다.

2미터는 됨직한 키가 위압감을 더한다.

"가지고 있느냐. 그럼 따라와라."

카스미가 세 개의 키 아이템을 가지고 있다는 것을 확인하자, 주인은 카스미에게 등을 돌리고 원래 있던 곳으로 돌아가 지면에 마법진을 그리더니 빛이 되어 사라졌다.

"갈까."

정신을 바짝 차리고 마법진에 올라선 카스미가 도착한 곳은 용 퇴치 때를 떠올리게 하는 황야였다. 주위를 확인해 보아도 나무 한 그루, 바위 하나 보이지 않는다.

먼저 전이한 주인이 조금 떨어진 장소에 서 있다.

"설마 인간이 오리라고는 생각지 못했다. 인간의 몸으로 주인이 되는 데 어울리는 힘이 있는지 시험해 보겠다."

"…………."

"나를 쓰러뜨려라. 할 수 있다면 다음 주인의 자리는 너에게 주마."

전투가 벌어질 가능성도 생각하고 있었던 카스미는 놀라지도 않고 칼을 뽑아 자세를 잡는다.

"자, 겨루어 보겠는가, 인간."

그 목소리가 카스미의 귀에 닿은 직후, 주인의 오른손에서 빛이 하얗게 번뜩였다.

주인의 손에 쥐어진 것은 칼이었다.

"응하겠다!"

전투 모드에 들어간 카스미가 주인 쪽으로 거리를 좁힌다.

주인은 카스미와의 거리가 아직 먼데도 자신의 칼을 대상단에서 내리친다.

"아니……!?"

그 도신이 쭉 늘어나 카스미를 깊게 벤다.

놀라 눈을 부릅뜬 카스미의 HP가 일격에 0이 되고, 몸이 사라져 간다.

무심코 발을 멈추고 만 것이 패인이었다. 카스미는 사라져가는 자신을 확인하고 눈을 감았다.

마을에 죽어서 돌아온 카스미는 먼저 키 아이템이 사라지지 않은 것을 확인하고 안심했다. 도전권은 잃지 않았다.

그리고 그 주인과의 재전투에 관해 이리저리 생각한다.

"으음……. 공격력이 높군……. 우선 시행 횟수를 거듭해 볼까. 아까의 공격은 피할 수 있을 터이고."

요도를 손에 넣었을 때도 상당한 횟수를 죽었기 때문에, 말끔히 졌을 때도 전환이 빨랐다.

◆ □ ◆ □ ◆ □ ◆ □ ◆

1주일 후. 카스미는 길드 홈 테이블에 푹 엎드려 있었다.

"사리? 카스미는 왜 저래?"

"막판 보스 캐릭터를 아무리 해도 쓰러뜨릴 수 없나 봐. 한 명이지만 엄청 강하대. 뭐, 메이플이 거기 도달하는 건 한참 나중일 것 같지만……. 어떤 보스인지 얘기해 줄까?"

"응! 듣고 싶어!"

기운찬 대답에 사리는 보스에 관해 이야기하기 시작했다.

"솔로 한정으로 적은 한 명, 이쪽이 선택한 무기…… 나라면 단검이겠지. 그걸로 전투 스타일이 바뀐대. 현재는 마법을 주체로 원거리 공격도 가능해서 적의 패턴에 대처하기 쉬운 지팡이가 싸우기 편하다는데……. 아직 아무도 쓰러뜨리지 못해서, 어딘가에 약체화 기믹이 있는 게 아니냐는 이야기가 나오고 있어."

사리는 몇 가지 무기에 관해서는 도중까지의 공략 패턴이 공개되어 있다는 말로 마무리했다.

"사리는 아직 거기까지 못 가던가?"

"응, 아직 못 들어가."

사리의 통행허가증은 한 단계 모자란다.

하지만 그리 머지않은 시일 내로 도전권을 얻겠지.

"사리도 싸울 거야?"

"글쎄……. 나는 승산이 낮은 승부는 하지만, 승산이 없는 승부는 안 하니까—. 아무래도 범위 공격이 너무 힘들어."

사리가 자신은 보스에게 이길 수 없다고 말하고 있는 거나 마찬가지였다.

"사리가 못 이긴다면 엄청나게 강하겠네."

"그렇지, 뭐 언젠가는 도전할까 싶지만—. 메이플과 함께 도전할 수 있으면 어떻게든 이길 수 있을 것 같은데 말이야."

불가능한 소리를 해도 별수 없다며 사리는 더 이상 이야기하지 않았다.

"그래서 카스미가 저러고 있는 거구나."

카스미의 지금의 모습은, 어떻게든 공략하려고 하다가 계속해서 쓰러진 플레이어의 말로였다.

"그치. 아, 맞다. 곧 이벤트가 있는데……. 지난번 소 토벌 같은 거."

"우우……. 얌전히 통행허가증 랭크 올리기에 전념할래."

메이플이 손대고 싶어질 이벤트가 아니라는 것은 분명하다.

처음부터【포학】이 있으니까 지난번보다는 편하게 할 수 있지만, 기피 의식이 생긴 탓도 있다.

메이플은 다음 이벤트는 패스하고 현재의 목표 달성을 우선하기로 결정했다.

"그게 좋을 거야. 이 마을에선 할 게 많으니까."

"통행허가증 랭크 올리기는 이벤트 기간에 한다 치고⋯⋯. 다시 탐색하고 올까."

메이플은 양뿔을 머리에 달고 기모노로 갈아입고는 마을로 나갔다.

"어떡할까? 으—음, 어디로 가지⋯⋯."

메이플은 팔짱을 끼고 적당히 마을을 걸어 다닌다.

뭘 할지 생각하면서 어슬렁어슬렁 다니다 보니 무기 상점이 눈에 들어왔다.

"그러고 보니⋯⋯ 이런 데는 거의 안 들어갔던가."

메이플은 유니크 시리즈나 이즈가 만들어 준 장비밖에 사용하지 않았기 때문에, 가게에서 파는 장비품과는 연이 없었다.

"실례합니다⋯⋯."

메이플은 가게 안으로 들어가 시판 장비를 구경한다.

외양이 아름다운 방어구나 기발한 형태의 무기 등 눈길을 끄는 물건은 있었지만, 메이플의 장비를 넘어설 물건은 당연히 없었다.

"돈도 여유가 있고⋯⋯. 뭘 좀 살까? 만들어 달라고 하는 게 나으려나."

결국 무언가를 사는 일 없이, 널따란 가게 안을 한 바퀴 돈다. 점원이 있는 카운터 앞에 왔을 때 메이플은 점원 뒤 벽에 붙어 있는 포스터에 '장비를 다섯 개 이상 구입하는 분께 특전

제공' 이라고 큰 글씨로 적혀 있는 것을 알아차렸다.

"그럼 사 볼까."

메이플은 적당히 저렴한 장비를 다섯 개 이상 구입하고, 점원에게 두루마리 하나를 받아들었다.

"【퀵 체인지】?"

누구나 쓸 수 있고, 이미 정보도 확산된 스킬이다.

【단풍나무】에서는 각 개인이 바쁘게 움직이고 있었고 장비를 바꾸는 플레이어가 메이플밖에 없었기 때문에 아직 알려지지 않았다.

【퀵 체인지】

설정해 놓은 장비로 변경한다. 다시 사용하면 원래 장비로 돌아온다.

"오호, 아하. 그럼 나는 다른 장비를 설정해야지……!"

사소한 부분을 개선할 수 있는 스킬을 익히고 메이플은 가게를 나갔다.

메이플은 그 뒤로 한동안 마을을 어슬렁어슬렁 돌아다니다가 무언가 새로운 것을 손에 넣는 일 없이 길드 홈에 돌아왔다.

입구 문을 열고 안에 들어간 메이플에게 돌아와 있던 마이와 유이가 반응했다.

"앗! 메이플 씨!"

유이가 메이플 쪽으로 뛰어온다.

"왜? 무슨 일 있었어?"

"저희끼리 가면 이길 수 없는 퀘스트 몬스터가 있어서……. 도와주실 수 있나요?"

"부탁드려요!"

그렇게 말하고 둘이서 나란히 고개를 꾸벅 숙인다.

"응, 좋아! 마침 할 일도 없었어."

"감사합니다! 크롬 씨랑 카나데 씨는 같이 나가 버려서, 어떻게 할 수가 없어서요……."

현재 길드 홈에 있는 사람은 두 사람을 빼면 이즈뿐이다.

생산직인 이즈는 몬스터를 잡으러 가는데 조력자로 삼기에는 불안하기 때문에 어쩔 수 없다.

"그럼 얼른 가자. 안내해 줄래?"

""네!""

시럽의 등에 타고 필드를 날아가기를 약 10분.

메이플 일행은 목적지에 도착했다. 땅 위에 부러진 칼이나 부서진 갑옷이 널려 있어, 옛날 전쟁터 같은 장소였다.

"그러니까, 여기 나오는 몬스터 말인데요, 물리 공격이 안 통하는 것 같아서요……. 부탁드립니다!"

"음……. 히드라로 할 수 있으려나?"

"아마 괜찮을 것 같아요."

몬스터 정보를 들은 메이플은 시럽을 땅에 내리고 【헌신의 자애】를 발동한 다음, 포션으로 HP를 회복하고 전투태세에 들어갔다.

"몬스터는…… 저거구나!"

메이플이 바라보는 곳에는 여기저기 찢어진 로브와 낡아서 너덜너덜해진 롱 소드가 둥둥 떠 있었다.

딱 보기에도 유령 같은 그 모습을 보니 확실히 물리 공격이 통하지 않을 것 같았다.

"좋아, 히드…… 어라? 사라졌어."

"저 몬스터, 사라지네요……. 죄송해요, 몰랐어요."

마이와 유이는 깔끔하게 두 번 졌을 때 포기하고 도움을 청하려고 생각했기 때문에, 몬스터의 행동을 완전히 파악하지 못했다.

메이플이나 마이와 유이도 적극적으로 정보를 수집하는 타입이 아니라서, 이 몬스터의 정보는 물리 공격이 통하지 않는다는 것 말고는 특별히 없었다.

"가깝잖아!?"

투명해져서 갑자기 접근한 몬스터가 검을 내리쳐, 반응이 늦은 메이플에게 맞았다.

그때 펑 하는 소리와 함께【헌신의 자애】에 의해 빛나던 지면이 원래대로 돌아갔다.

"어? 자, 잠깐,【커버】!"

유이를 베러 달려든 몬스터의 공격을 최근에는 거의 쓰지 않았던【커버】로 간신히 막는다.

몬스터는 거리를 벌리고, 다시 모습을 감추어 보이지 않게 되고 말았다.

"【헌신의 자애】! 바, 발동이 안 돼?……그렇구나,「봉인」!"

메이플은 사리와 마을을 탐색했을 때「봉인」에 대항할 수 있는 부적을 사 두기는 했지만, 보호하는 대상으로 삼은 스킬은 방어력을 올려주는【절대방어】,【자이언트 킬링】,【포트리스】다.

【헌신의 자애】까지는 손길이 미치지 못했다.

"으음…… 맞다,【발모】!"

메이플이 털뭉치 상태가 된다. 그것을 보고 감이 딱 왔는지, 마이와 유이가 재빨리 무기를 집어넣고 파고든다.

메이플은 앞에서 얼굴을 쏙 내밀고 마이와 유이에게 말한다.

"그럼, 부탁할게."

""네!""

두 사람은 털뭉치 안에서 부스럭부스럭 움직여 몸을 눕힌 상태가 된 메이플의 바로 아래에 도착하더니, 둥그렇게 말고 있던 몸을 펴서 메이플을 번쩍 들어 올렸다.

털뭉치에서 메이플의 얼굴만이 불쑥 튀어나온 상태다.

"마이, 왼쪽에 나왔어!"

"응!"

마이와 유이가 메이플의 얼굴이 나온 부분을 왼쪽으로 돌린다.

몬스터는 다시 털뭉치를 받치고 있는 유이를 베려고 달려들었다.

"얍!"

마이와 유이가 털뭉치를 아래로 내려 속에 파묻힌다.

따라서 유이를 노렸던 몬스터는 메이플의 머리 위 양털을 베는 데 그치고 말았다.

"【히드라】!"

메이플이 털뭉치에서 내민 손으로 쥔 단도에서 독의 격류가 몬스터에게 향한다.

그것은 지근거리의 몬스터를 확실하게 사로잡아 HP 게이지를 전부 깎았다.

즉사 효과가 발동하지 않아도 쓰러뜨릴 수 있을 정도의 상대였던 모양이다.

"후우…… 쓰러뜨렸어! 으음, 몇 마리 잡으면 돼?"

"열 마리예요, 부탁드립니다."

"오케이! 그럼 이대로 갈까."

메이플이 방침을 정하고, 그대로 마이와 유이는 메이플을

들더니 위를 보고 제대로 받치고 있다는 것을 확인하면서 그대로 걸어가기 시작했다.

그리고 눈앞의 독 늪에 발을 집어넣고 사망했다.

"우왓!? 엥, 왜 그래!?"
메이플은 철푸덕 소리를 내며 지면에 떨어졌다.
무슨 일이 있었냐고 마이와 유이에게 말을 걸었지만 대답이 없다.
"응? 아……."
메이플의 눈 아래 펼쳐진 보라색 바다.
조금 늦게 원인을 깨달은 메이플은 황급히 【포학】을 발동해 두 사람을 데리러 마을 입구로 돌아갔다.

그 무렵, 원래 마이와 유이가 부탁하려고 했던 크롬과 카나데는 【염제의 나라】의 마르크스와 【집결의 성검】의 드라그와 함께 몬스터를 사냥하러 나가 있었다.
"이야, 정말 좋은 방패야."
드라그를 메인 딜러로 삼고, 크롬과 카나데와 마르크스가 서포트하는 형태로 사냥이 진행되고 있었다.

"그래? 방패라면 메이플이……."

"그건 방패가 아냐……. 방패가 아니라고."

마르크스가 불쑥 중얼거린다.

마르크스의 마음속에서 방패의 넘버원은 크롬이었다.

"메이플은 우리한테도 그런 위치……이려나?"

"어떨까? 하지만 메이플도 항상 이벤트 때처럼 위험한 느낌인 건 아니니까 말이야. 방패 유저인데 빈틈도 많고, 뭐 보호할 필요가 없어서 그렇지만."

메이플은 검도 창도 화살도 마법도 그 몸으로 튕겨낸다.

누구보다도 방어력을 추구한 결과, 누구보다도 방어행동이 필요하지 않게 된 것이다.

"페인은 메이플을 쓰러뜨릴 작정인 것 같지만, 나는 포기했다고. 페인은 상성이 나쁘지 않다고 생각하지만. 일격도 묵직하고 속도도 있지."

'그런데도 어려운 눈치 같지만.' 하고 드라그가 말하며 몬스터의 모습이 보이지 않게 된 것을 확인한다.

"슬슬 이동하지 않을래……? 몬스터가 없어졌는데……."

마르크스의 말대로 몬스터는 대부분 다 사냥해 버렸기 때문에, 네 사람은 이동하기 시작했다.

그리고 다음 포인트로 향하던 그때.

엄청난 기세로 시야 한구석을 괴물이 달려갔다.

"항상 위험한 느낌이잖아……."

"그랬을지도…… 미안."

시간이 멈춘 것처럼, 네 사람은 한동안 넋을 놓고 멍하니 서 있었다.

5장 방어 특화와 제5회 이벤트.

12월 첫째 주, 제5회 이벤트로 필드 탐색형 이벤트가 개최되었다. 정해진 몬스터를 잡아 쌓이는 포인트로 경쟁하는 이벤트다. 그에 따라 필드는 하얀 눈으로 덮이고 하늘에서는 조용히 눈이 내리기 시작했다.

"12월 말까지는 이대로인가 봐—."

4층의 길드 홈 창문에서 바깥을 바라보며 사리가 메이플에게 말한다.

"예뻐서 좋아……. 걷기 힘들어지지도 않았고."

"그치—. 그럼 난 적당히 이벤트 몬스터 잡고 올게."

"오—케—이."

사리는 창문에서 얼굴을 떼더니 길드 홈에서 나갔다.

사리가 나갔을 때 메이플도 창문에서 떨어졌다.

"이번 이벤트는…… 몬스터마다 포인트가 다르구나."

이번 이벤트는 토벌 대상이 되는 몬스터가 네 종류 있다.

그 네 종류는 출현 확률과 얻을 수 있는 포인트가 달라서, 가장 잘 출현하지 않는 몬스터는 높은 포인트 외에도 레어 아이템을 낮은 확률로 드롭한다는 운영 공지가 와 있었다.

"보이면 그것만 잡을까, 포인트가 낮은 몬스터는 발이 빨라서 쫓아가기 어려우니까……."

메이플은 중얼거리면서 생각을 정리하고 길드 홈을 나선다.

이번 이벤트는 어디까지나 통행허가증 퀘스트를 깨는 과정에서 눈에 띄면 잡기로 했다.

메이플은 문을 열고 눈이 내리는 마을로 나간다.

눈이 내리는 것만으로도 분위기가 확 바뀐 것 같아, 걷는 것도 힘들게 여겨지지 않았다.

메이플은 현재 받아놓은 【혼의 잔재】 수집 퀘스트를 진행하기 위해 눈이 내리는 필드를 흥겹게 걸어 천천히 서쪽으로 향했다.

"도착!"

폐가가 드문드문 있는 구역에 온 메이플은 단도를 뽑고 병기를 몸에서 전개하고서 돌아다닌다.

그러다 보면 둥실둥실 떠 있는 푸른색 불구슬과 조우하는 경우가 있는데, 그것이 메이플이 목표로 하는 아이템을 드롭하는 몬스터였다.

"잡았다!"

대단한 전투능력이 없는 불구슬에게 무자비한 총격이 잇달아 직격해, 순식간에 전투가 끝났다.

"후우…… 잘됐다! 오늘은 재수가 좋네."

이 불구슬은 출현 확률이 높다고 할 수는 없고, 더구나 마이와 유이와 함께 싸웠던 몬스터처럼 잠시 지나면 모습을 감추어 버린다.

메이플은 드롭한 아이템을 줍고, 운이 좋았다고 고개를 끄덕이며 다음 사냥감을 찾아 사냥을 재개했다.

"후후후…… 분위기 좋아—!"

30분 정도 불구슬을 찾아다니던 메이플은【혼의 잔재】를 하나만 더 손에 넣으면 퀘스트를 깨는 지점까지 왔다.

지금까지에 비해 훨씬 순조롭게 불구슬이 출현해서 메이플은 기뻐 어쩔 줄 몰랐다.

"좋아! 이대로 하나만 더!"

메이플은 단단히 별렀지만, 확률이란 수렴하는 법이다.

그후 1시간 반 동안 한 번도 목표인 불구슬을 볼 수가 없었다.

기분이 기쁨에서 단숨에 곤두박질친다.

이런 상황에서는 메이플이라도 역시 사냥을 중단하고 기분을 전환하려는 생각을 하게 되었다.

메이플은 일단 불구슬은 잊어버리고 눈 내리는 풍경을 감상하기로 하고, 나무줄기에 등을 기대고 땅에 주저앉았다.

"하…… 피곤해. 으으음…… 마지막 기둥문은 멀구나."

메이플은 카스미의 공략 속도가 너무도 무시무시하다는 것을 새삼 실감했다.

"이벤트 몬스터는 있는데 말이야아……."

메이플은 조금 떨어진 곳에 보이는 흰 늑대에게 오른손을 겨누고 총알을 잇달아 발사했다.

"격파! 좋았어……. 하아."

한 마리 잡았다고 랭킹에 영향을 주지는 않는다.

"좋아, 좋았어! 후다닥 한 마리 해치우고 오늘은 끝내자."

메이플은 벌떡 일어나 마음을 새로 먹고 사냥을 재개했다.

눈을 가늘게 뜨고 주변을 주의 깊게 확인하면서, 절대로 놓치지 않겠다는 자세로 천천히 이동한다.

"있다!"

메이플은 시야 한구석에 불구슬이 스르륵 나타난 것을 포착하고, 철컥 하며 병기를 그쪽으로 향하고 아무리 보아도 오버킬 수준의 총알을 쏘아냈다. 쏘아낸 총알은 불구슬이 피할 틈도 주지 않고 잇달아 직격해 너무도 쉽게 불구슬을 빛으로 바꾸었다.

"후우…… 겨우 끝났어—."

메이플은 드롭 아이템을 회수하고 나서 인벤토리를 보고 【혼의 잔재】가 필요한 만큼 들어온 것을 확인했다.

"좋아! 하아…… 결국 시간이 오래 걸리고 말았네. 오늘은 운이 좋다고 생각했는데…….”

전체적으로 보면 잘나갔던 것은 처음뿐이었다. 그 후로는 평소보다 더 운이 나쁠 정도였다.

메이플은 기지개를 쭉 켜고 퀘스트 완료 보고를 하러 폐가 구역을 빠져나가기로 했다.

그러나, 역시 확률은 수렴하는 법이다.

“응?”

뒤에서 쿵 소리가 들려 메이플은 뒤돌아보았다.

4미터가 넘는 눈사람 있었다.

돌로 된 눈과 입. 당근으로 된 코.

나뭇가지로 된 팔에는 장갑을 끼고 있고, 머리에는 빨간 모자가 얹혀 있다.

“오오!?”

메이플이 조우한 것은 이번 이벤트에서 토벌하면 가장 많은 포인트를 주는 몬스터였다.

“좋아, 해치워 주겠어—!”

메이플은 눈사람과 딱 마주 서서 총탄을 퍼붓는다.

총탄은 잇달아 눈사람의 몸통을 꿰뚫지만, 머리 위의 HP 게이지는 거의 움직이지 않는다.

눈사람은 공격을 전혀 신경 쓰지 않고 메이플에게 다가오더니, 끼고 있는 장갑으로 메이플을 때렸다.

“으엑!? 그걸로 공격하는 거야!?”

방패가 없는 쪽으로 후려치는 공격을 받고, 병기가 부서지며 메이플은 옆으로 날려갔다.

"마법밖에 안 통하는 몬스터일까? 좀 시험해 보자⋯⋯."

메이플은 방패를 올리고 포구를 비스듬히 아래로 향해 눈사람에게 자폭비행을 했다.

메이플이 눈사람의 몸을 【악식】으로 먹어치우고 통과한다.

평소처럼 병기를 부수면서 대충 착지해 눈사람 쪽을 보니, HP 게이지는 역시 거의 움직이지 않았다.

"여러 타입의 몬스터가 늘어났네⋯⋯.【히드라】!"

그리 움직임이 빠르지 않은 눈사람이 히드라를 피할 수 있을리가 없어, 몸의 중심에 맞고 독이 터졌다.

"어라⋯⋯? 아, 안 줄어드네?"

독 상태가 되지도 않고, HP 게이지도 아주 조금 감소했을 뿐이다.

이대로 계속해서 깎으면 확실히 잡을 수 있겠지만, 효율이몹시 나쁘다는 것은 자명했다.

"하지만 놓치기는 아깝고⋯⋯. 아깝단 말이야."

메이플은 눈사람이 머리 위로 뿌리는 얼음 기둥을 비처럼 맞으면서 어떻게 할지 생각한다.

그 결과, 시럽과 함께 찔끔찔끔 HP를 깎기로 했다.

"준비 완료!"

메이플은 시럽을 【거대화】시켜 상공에 띄우고 안전권에서

【정령포】로 공격시키기로 했다.

　메이플 자신은 먼저 【히드라】를 다 쏘고 나서 총격으로 바꿀
예정이다.

　"좋아, 【히드라】!"

　투확 하고 뿜어져 나온 히드라가 눈사람을 다시 침식하고,
다음 순간 HP를 0으로 만들었다.

　"엥? ……어라?"

　눈사람은 빛의 입자가 되어 사라지고, 그 자리에 무언가가
툭 떨어졌다.

　"응—? 음……. 앗! 즉사구나!"

　처음으로 발동한 【고독의 주법】은 더없이 잘 발동했다고 할
수 있으리라.

　메이플은 눈 위에 떨어져 있는 아이템으로 달려간다.

　새하얀 눈에 반사되어 빛나는, 빨간 포장지에 녹색 리본이
묶인 상자.

　메이플은 상자를 주워들고 아이템 이름을 확인했다.

【선물 상자】

12월 25일 이후 일주일간 사용 가능.
내용물은 랜덤.

"내용물이 뭘까? 크리스마스 관련 물건일까?"

원래 목적도 달성한 메이플은 만족하고 마을로 돌아갔다.

◆ □ ◆ □ ◆ □ ◆ □ ◆

메이플과는 대조적으로, 사리는 필드를 뛰어다니며 이벤트 몬스터를 잡고 포인트를 모으고 있었다.

사냥이 일단락됐을 무렵, 사리는 무기를 집어넣고 잠시 휴식하기로 했다.

"후……. 따라잡을 수가 없네."

사리가 중얼거린다.

머릿속에 떠오르는 것은 자신이 게임에 데려온 친구.

메이플이 처음으로 이렇게 오랫동안 함께 게임을 해 주는 건 기쁜 일이지만, 플레이어로서는 지고 싶지 않다고 생각하는 것이다.

하지만 머릿속에서 메이플과 전투해 봐도 아직은 이길 수 있다고 생각할 수가 없었다.

"그 정도로 강해질 줄이야……."

앞서가는 메이플을 쫓아가고자 스킬을 찾아보거나 정보를 모으거나 하고 있지만, 아무래도 결정적인 수단이 될 만한 것이 아직 없었다.

"지고 있을 수는 없지……. 다시 시작할까—."

사리는 다리에 힘을 꾹 주고 다시 달리기 시작했다.

최대치까지 상승한 【검무】의 힘도 있어, 거의 멈추지 않고 포인트가 낮은 몬스터를 쓰러뜨릴 수 있었기 때문에 효율은 제법 좋았다.

"메이플을 본받아서 좀 더 방어력을 올리고 오라구!"

달려 지나간 장소에 대미지 이펙트가 날아다닌다.

관통 공격이 없는 몬스터가 메이플을 쓰러뜨릴 수 없는 것처럼, 면 공격을 할 수 없는 몬스터는 사리를 쓰러뜨릴 수 없다.

"방어력만 높은 거면 메이플도 어떻게 할 수 있었을 텐데."

생각을 하면서도 움직임이 단순한 몬스터라면 상대할 수 있는 사리의 플레이어 스킬은 이미 한계 중에서도 한계, 이 이상은 바랄 수 없다고 할 수 있었다.

"어디서 스킬을 주울 수 없으려나—."

그렇게 두, 세 시간 정도 몬스터를 잡고 돌아다니자, 조금 앞에 커다란 눈사람이 걸어가는 것이 보였다.

"오, 포인트 높은 거네. 럭키, 럭키."

사리는 눈사람에게 접근해 팔을 피하면서 마법을 발동했다.

"【파이어 볼】!"

약한 마법이라도 불 속성 마법이라면 HP가 확 깎인다.

메이플의 고전이 거짓말이었던 것처럼, 눈사람은 【파이어 볼】 몇 방에 녹아내리듯이 쓰러졌다.

"응, 포인트 잘 먹었다!"

이벤트가 끝날 때까지 드롭 아이템도 회수하고 싶다고 생각한 사리는 곧바로 다시 필드를 뛰어다녔다.
　평소보다 더 온 힘을 다해 드롭 아이템을 찾는 것은, 빨리 뭔가 새로운 힘을 손에 넣고 싶다는 초조함과도 비슷한 감각이 있었기 때문이었다.

　가장 가까운 곳에 있기에 가장 지고 싶지 않다. 경쟁심이 제법 강한 사리는 그렇게 생각했다.

6장 방어 특화와 크리스마스.

크리스마스가 다가왔을 무렵, 메이플은 입수한 선물 상자를 열 수 있게 될 날을 기대하면서, 정성스럽게 포장된 그 상자를 인벤토리에서 꺼내 바라보고 있었다.

"뭐가 들어 있을까."

한동안 그러고 있던 메이플은 이벤트가 언제까지였는지 운영진이 보낸 메시지를 확인하고 있었다.

그러다가 어떤 문장을 읽고 뭔가가 생각났는지, 메이플이 선물 상자를 집어넣고 의자에서 벌떡 일어섰다.

그리고 타박타박 걸어간 곳은 이즈가 자주 있는 공방이었다.

메이플이 안쪽을 엿보자 무언가 작업을 하고 있는 이즈가 있었다.

"어머, 메이플. 무슨 일이야?"

"저기요, 엄청나게 중요한 일은 아닌데……."

그렇게 말을 꺼낸 메이플은 크리스마스에 어울리는 요리를 만들어 줄 수 없냐고 물어봤다.

다시 말해 파티를 하고 싶다는 이야기였다.

"과연. 하지만 크리스마스가 지나기 전까지 전원이 모이는 건 내일이 마지막 아니었던가?"

"만드는 데 시간이 걸리나요?"

"그건 괜찮아. 게다가 이럴 때 내 솜씨를 보여줄 수 있는걸! 요 즘은 카스미도 무기를 수리할 필요가 없어진 모양이라서……. 이렇게 다른 부분에서 뭔가 할 수 있으면 나도 즐거워."

'나는 대장장이가 아니라 생산직이니까.' 라고 자신 있게 말 한 후, 이즈는 이야기를 되돌린다.

"자. 할 거면 다 같이 하겠다는 말이지? 그렇다면 모두가 모 일 수 있는 날까지 어떻게든 해야 해."

"그, 그러네요……. 오늘은 아무도 없고……."

오늘 로그인한 사람은 지금까지는 메이플과 이즈뿐이다. 뭐 가 됐든 간에 실행부대 둘이서 준비를 완료해야만 한다.

"내일까지 여러 재료를 모아야 해. 먹고 싶은 건 있어?"

메이플은 아까 본 운영 메시지를 이즈에게도 보여준다.

이즈는 거기 적힌 내용을 이미 알고 있었는지, 응응 하고 고 개를 끄덕였다.

"이번 이벤트에서 선물 상자하고는 별개로 드롭하는, 꽝 아 이템? 과연, 지금 같은 경우는 당첨이려나. 그 아이템은 쓸 수 있겠어."

이번 이벤트에서는 드롭하는 꽝 아이템을 사용하면 케이크

나 치킨으로 바꿀 수 있게 되다. 아이템 가치는 높지 않지만 분위기는 끝내준다.

"후후후, 금방 구해 올게요!"

"하지만 드롭률이 높지는 않은 것 같은데, 양을 많이 준비할 필요가 있으니까 힘내."

"맡겨 주세요!"

"좋은 대답이야. 나는 재배 중인 채소랑 과일이 얼마나 자랐는지 볼게."

잘 다녀오라고 이즈가 손을 흔들며 배웅하는 가운데, 메이플은 길드 홈에서 뛰쳐나갔다.

메이플은 빠른 걸음으로 마을 입구까지 오더니, 준비체조라도 하듯이 몸을 쭉 편다.

"좋아, 후다닥 모아 버리자! 선물도 금방 손에 들어왔는걸! 【포학】!"

검은 어둠이 메이플을 감싸 그 모습을 괴물로 바꾸어 간다. 그리고 몇 개나 되는 다리를 능숙하게 움직여 눈이 내리는 필드를 달려 나갔다.

그리고 한동안 달리던 메이플은 포인트가 낮은 이벤트 몬스터와 몇 번인가 마주쳤다.

메이플은 만나자마자 입에서 불꽃을 뿜어 몬스터를 순식간에 불태워 버리고 무언가 드롭하지 않았는지 확인한다.

"「눈 조각」……. 가게에서 비싸게 팔 수 있지만 먹을 수 없다. 웅— 이건 나중에 팔러 가야지!"

메이플은 좌절하지 않고 다음 몬스터를 찾는다. 포인트가 높은 몬스터 쪽이 드롭 확률이 높기 때문에 그쪽을 노린다.

"사리가 말한 대로 불을 쏘면 간단하네!"

메이플은 뛰어다니며 어딘가에 몬스터가 없나 주위를 둘러보았지만, 생각보다 잘 보이지 않았다.

한동안 계속 달렸지만 가끔 마주치는 정도고, 게다가 목적한 물건은 손에 넣지 못하고 있었다.

"……이, 이렇게 없었던가!? 우— 어쩌지……. 이러면 힘들지도……."

조금 지치고 만 메이플은 의욕을 회복시키기 위해 나무 밑에 누워 쉬기 시작했다.

"……눈이 좀 더 쌓이면 좋을 텐데."

눈은 지면을 살짝 덮은 정도라 푹푹 밟으며 걸어 다닐 정도는 안 된다. 모처럼이니 그 정도는 내려도 좋을 텐데 하고 생각하면서 메이플은 휴식을 취했다.

"언젠가 그런 층도 추가될까?"

그렇게 되면 사리와 또 탐색해야지 하고 둘이서 모험하는 장면을 상상하며, 메이플은 소재 모으기를 재개하기 위해 몸을 일으키려 했다.

"좋아, 힘내자! ……응? 저건……."

메이플이 저 멀리 보이는 사람이 누구인지 깨닫고 그대로 달려서 다가간다.

상대방도 괴물 모습을 한 메이플의 덩치를 알아채지 못할 리가 없어, 메이플 쪽을 보고 놀란 모습으로 반응한다.

"미이! 우연이야, 또 만났네!"

"메이플! 으흠……. 무슨 일이지? 볼일이라도 있나?"

미이는 한 번 헛기침을 하더니, 약간 눈매를 날카롭게 하고 메이플에게 말했다. 미이는 넷이서 사냥 중이었는지 옆에는 미저리와 신이, 신 뒤에는 마르크스가 서서 메이플을 흘끔흘끔 쳐다보고 있었다.

"볼일은 없지만……. 이벤트 몬스터를 찾는 도중에 너희를 봐서 말을 걸러 왔어."

"오오……. 역시 그 모습으로 오면 어쩐지 이렇게 경계하고 싶어진단 말이지."

신은 경계를 푼 기색으로 메이플 쪽을 본다.

"그러네요, 아직 익숙해지지가 않아요."

"사람이니까 사람 모습을 하라고……."

메이플 쪽을 보고 세 사람이 그런 말을 하는 와중에, 메이플과 미이는 이야기를 계속한다.

"몬스터를 찾고 있는데 좀처럼 안 보여서. 전에 많이 있었던 곳을 찾았는데도……."

"응? 그래선 안 된다. 자주 출현하는 포인트는 몇 군데 있지만 매일 바뀌지."

"으엑!? 그, 그런 거야!?"

메이플은 이번에는 이벤트를 별로 하지 않을 작정이어서 메시지를 제대로 읽은 것도 바로 조금 전이었다. 식재료를 보고 생각난 것을 즉시 행동으로 옮긴 탓에 그런 부분은 몰랐던 것이다.

"사용할지 안 할지는 별개로 하더라도, 정보를 제대로 보는 건 기본이다. 기억해 두는 게 좋을 거다."

"응, 그러네⋯⋯. 조심할게. 아, 맞다. 미이! 몬스터 잡으러 가는 거면 나도 가도 돼? 선물 상자는 줄 테니까, 부탁해!"

플레이어가 이벤트 중에 가장 얻고 싶어 하는 아이템이 필요 없다고 하자, 미이와 뒤에서 듣고 있던 세 사람은 하나같이 이상하다는 얼굴을 했다.

"그게 필요 없다면 뭣 때문에 사냥을 하는 거야? 뭐, 포인트는 쌓이겠지만, 이벤트도 제대로 안 하고 있는 것 같은데."

"그게, 사실은⋯⋯."

메이플이 이번 목적을 말하자, 신은 그런 목적도 있구나 하고 고개를 끄덕인다.

"신 씨는 그런 건 별로 신경을 안 쓰니까요."

"길드 방에도⋯⋯ 좌우지간 테이블과 의자 하나만 뒀을 뿐이니까⋯⋯."

"아니⋯⋯ 뭐, 저기? 싸우는 게 재미있다고, 나는."

"저는 좋다고 생각해요. 네, 게다가 거절할 이유도 없어요. 싸우기 편했다고 미이에게 들었고요."

메이플의 전력을 의심할 필요는 전혀 없었다.

게다가 드롭되는 식재료와 맞바꾸어 함께 싸우는 거니까 싸게 먹힌다.

"그럼 갈까. 메이플, 이동은?"

"이 상태라면 나 빨라! 맡겨 줘!"

메이플은 지면에 엎드리더니 네 사람에게 등에 타라고 재촉한다.

"오오! 한 번 타 보고 싶었는데."

"무슨 놀이기구도 아니고…… 떨어뜨리면 안 된다?"

신이 뛰어서 타고, 마르크스도 조심조심 기어오른다.

"자, 미이, 우리도 타죠."

"물론이다."

마르크스를 선두로 하여 네 사람이 등에 나란히 타자, 메이플이 일어선다.

"안내할 테니까…… 그쪽으로 달려……."

"오케이!"

메이플은 마르크스의 지시대로 필드를 달려 나가 목적한 장소에 도착했다. 출현율이 올라간 포인트는 알기 쉽도록 눈이 더 거세게 내리고 있다.

메이플은 네 사람을 내려주고 【헌신의 자애】를 발동했다.

일시적으로 파티를 맺었기 때문에 범위 내에 있는 한 죽음은 한없이 멀어진다.

"어쩐지 천사의 날개가 돋아나니까 더 기분 나쁘네."

"그러네……. 그럼 눈에 들어가지 않게 하고……. 메이플, 잠깐 걸을게."

마르크스는 걸어가 지면에 함정을 설치한다.

"【폭염진】……. 여기랑, 여기에. 그리고 여기?"

마르크스가 함정을 설치하는 사이에 신은 【붕검】 스킬로 검을 분리시키고, 미저리는 신의 검에 불 속성을 부여한다. 미이는 말할 필요도 없이 화염 공격의 스페셜리스트이다.

"자, 시작하자. 몬스터도 쏟아져 나온다."

메이플이 그만큼 찾았는데도 나오지 않았던 몬스터가 우글우글 나타난다.

메이플도 불을 뿜으려고 했지만, 그보다 먼저 불길을 두른 신의 검이 눈사람 형태의 몬스터를 잘게 썰어 불태운다.

그 공격을 빠져나간 몬스터는 마르크스가 설치한 함정의 지면에서 뿜어져 나오는 불꽃에 태워진다.

"미이, 승부하자. 누가 더 많이 잡는지."

"아무리 그래도 숫자로는 지겠군. 어느 쪽이 더 대미지를 많이 주는가 하는 승부라면 받아들이지."

그런 대화를 나누면서도 공격의 정확도가 떨어지지 않는 듯, 몬스터가 잇달아 쓰러져 간다.

전장에 불꽃이 날리고, 대미지 이펙트와 격파 시의 이펙트가 번쩍번쩍 빛난다.

"두 사람이 방어와 회복을 생각하지 않아도 되면 저와 마르크스는 한가하네요."

"그러네, 몬스터 처리하는 일이 안 들어오네……."

"굉장해! 나도 저렇게 검을 날리거나 불 속성을 써 보고 싶어."

"메이플은 어쩐지 여러 가지로 불길하니까 말이야……."

"천사의 날개는 좋다고 생각하는데요."

"후후후, 다음에 만날 때까지는 불꽃을 사용할 수 있게 할 거니까!"

"그건……. 괜찮아, 그러지 마……."

"후훗, 기대하고 있을게요."

"미저리!?"

이렇게 느긋이 이야기하는 사이에 몬스터는 모조리 불탔다.

그 후 몇 군데쯤 이동을 되풀이해 몬스터를 죄다 사냥하자 메이플이 원하는 만큼 식재료가 손에 들어왔다.

"어떤가, 메이플? 충분한가."

"에헤헤, 충분해. 고마워 미이!"

"우리도 도움이 됐어. 달리지 않아도 이동할 수 있는 것도, 방어를 생각하지 않아도 되는 것도 쾌적해서 좋았어."

"그럼, 또…… 일이 있으면 봐. 다음번에는 인간 모습으로 만나자……."

"그럼 우리는 여기서 이만. 맛있는 요리가 만들어지면 좋겠네요."

메이플은 네 사람에게 손을 흔들고, 길드 홈으로 돌아간다.

"잔뜩 만들면 미이랑 모두에게도 나눠주러 가야지!"

메이플은 마을 앞에서 사람 모습으로 돌아가더니 달려서 길드 홈 쪽으로 돌아갔다.

다음 날.

길드 홈 거실에 모인 【단풍나무】 멤버들 앞에서 메이플은 마실 것이 든 유리잔을 들고 서 있었다.

눈앞의 테이블에는 메이플이 모은 식재료로 이즈가 만든 로스트 치킨과 아이스크림 케이크, 샐러드에 수프 등이 상다리가 휘어질 정도로 한가득 차려져 있다.

"으음……. 사, 사리? 이, 이럴 때는 뭐라고 하면 되더라?"

"엑!? 무슨 말을 하려고 일어선 거 아니야!?"

"우……! 메리 크리스마스! 내년에도 잘 부탁합니다!"

나머지 일곱 명이 메이플의 목소리에 맞춰 합창하고, 모두가 이즈의 요리를 먹기 시작한다.

"어때? 자신작이야. 이 식재료도 이벤트가 끝나면 아마 입수할 수 없게 될 거라고 생각하면 슬퍼……."

""맛있어요!""

마이와 유이가 맛있다는 듯이 요리를 입안 가득 넣고, 그 옆에선 크롬과 카스미도 마찬가지로 요리를 먹고 있다.

"뭐, 공략 이외의 일을 하는 것도 묘미가 있군."

"물론, 오히려 그 이외의 일을 하는 것도 중요하겠지. 즐기는 것이 제일이야."

"……그렇다면 그 칼도 그렇게 해서 손에 넣은 거군? 분명 이상한 퀘스트일 테지."

"……기업 비밀이라고 해 두지."

"그렇겠지. 활약을 기대하겠어, 작아지는 건 곤란하지만."

"그건 나도 곤란하다……. 게다가 천이……."

두 사람이 그런 대화를 하는 도중에 이즈가 카나데에게 신작 퍼즐을 주고, 카나데는 그 퍼즐을 수십 초 만에 풀어 버렸다.

이즈가 요리는 맛있으니까 괜찮다는 수수께끼 같은 변명을 하면서 카나데에게 요리를 권한다.

"아, 알았어. 먹을게, 먹는다니까!"

"다음에는 배로 어려운 걸 만들 거야!"

"응, 그건 기대하고 있을게."

그렇게 말하면서 카나데는 음식을 입으로 가져간다.

"음……. 이것저것 만들어 줬으니까, 보답으로 소재도 모아 올게. 소재는 이즈에게 주면 더 좋은 물건이 되어서 돌아온다는 게 증명됐으니까."

떠들썩한 목소리가 길드 홈에 울려 퍼지는 것을, 메이플과 사리는 즐거운 듯이 듣고 있었다.

"힘들지 않았어? 이만한 양이라니."

"이번에는 도움을 받아서 어떻게든 했어. 생각해내는 게 조금만 더 빨랐더라면 좋았을걸."

"로그인했더니 파티를 한다고 해서 깜짝 놀랐어. 뭐, 깜짝 놀라는 것도 이제 익숙해졌지만."

"그래?"

"그래. 메이플이 원인인걸? 거의 다."

사리가 놀랐던 일을 몇 개나 꼽아본다. 대부분 메이플이 어디선가 발견한 스킬 때문이다.

"에헤헤, 이것저것 재미있어서. 그랬더니 이렇게 됐어―."

"응! 메이플이 즐겁다면 나는 그걸로 괜찮아."

사리가 그렇게 말하자 메이플은 사리를 보며 생긋 웃는다.

"사리, 내년에도 잘 부탁해!"

"나야말로, 같이 게임할 수 있어서 기뻐."

이렇게 해서 눈앞의 요리가 없어질 때까지 그날 파티는 계속되었다.

그리고 크리스마스 당일. 마침내 메이플이 손에 넣은 선물 상자를 열 수 있게 된 날.

메이플과 사리는 우연히 같은 타이밍에 길드 홈에 모습을 나타냈다.

"앗, 사리! 오늘도 왔구나!"

"메이플도. 그런데 오늘은 이따가 어디 가?"

"음……. 안 갈 것 같아. 오늘은 우선 선물? 응, 그걸 열러 왔거든."

그렇게 말하고 메이플은 인벤토리에서 빨간 상자를 꺼냈다.

"메이플도 손에 넣었었구나. 사실은 나도."

그렇게 말하고 사리는 노란 상자를 꺼냈다. 메이플의 것과는 다르게 포장되어 있지만 이것도 선물 상자로 드롭된 것이다.

사리는 선물 상자를 양손으로 들고 감개무량한 듯이 물끄러미 바라보았다.

"이야…… 힘들었어. 몇 마리를 쓰러뜨렸는지 기억도 안 난다니까……."

그렇게 말하고 상자를 쓰다듬기 시작한 사리에게 메이플이 나는 한 번에 나왔다고 말할 수는 없었다.

메이플은 먼저 화제를 바꾸기로 했다.

"응, 그럼 얼른 열어보자! 자아, 뭐가 나올까?"

리본을 풀고 둘이서 나란히 뚜껑을 탁 하고 열자 거기에는 각각 두루마리가 하나씩 들어 있었다.

스킬을 얻을 수 있는 아이템이다.

"스킬인가……. 그럼, 내용물은 어떨까?"

두 사람은 자기 두루마리에서 스킬 정보를 우선 확인했다.

【얼음 기둥】
MP 3을 소비해 파괴가 불가능한 얼음 기둥을 1개 생성한다.
1분 후 소멸. 최대 5개.

【얼어붙는 대지】
자신을 중심으로 반경 5미터 이내의 지면에 접촉한 플레이어 혹은 몬스터를 발동 후 3초 동안 이동 불가 상태로 만든다.
3분 후 재사용 가능.

전자가 사리가 얻은 두루마리의 스킬.

후자가 메이플의 스킬이다.

"사리, 이런 스킬이었어."

"내 건 이거야. 몇 종류가 있는 것 같네…… 【대해】도 요즘 사용하지 않았고, 난 이쪽이 더 쓸 만하려나? 음—. MP도 관리해야겠다."

사리가 중얼중얼 말하며 앞으로의 일을 생각하기 시작한다.

잘만 사용하면 적어도 방어능력 향상을 기대할 수 있을 만한 스킬이었다.

"강해 보이는 몬스터는 얼리면 된다는 거네! 이렇게 꽁꽁!"

"뭐, 그러네. 그러면 될 거야."

"오케이, 오케이! 그럼 올해는 이걸로 마지막이려나."

"응? 그래?"

로그아웃하려는 메이플에게 사리가 묻는다.

"숙제도 조금씩 해야 하고, 1월 초는 바쁘고……. 한동안은 안 할 것 같아. 사리도 숙제 까먹지 말고 해야 할걸?"

"나는 다 끝냈으니까, 놀 건데?"

사리가 의욕을 냈을 때와 그렇지 않을 때의 차이에 조금 황당해하고, 메이플은 로그아웃 했다.

혼자 남은 사리는 다시 앞으로의 예정을 생각하고 있었다.

"금방 또 새로운 층도 나올 것 같으니 얌전하게 있을까……. 마지막 기둥문 너머에 있는 녀석은 약체화 방법이 발견되지 않았으니 아직 어렵고……. 기계 마을 주변이라도 재탐색해 볼까?"

메이플이 없는 동안 따라잡아 주겠다고 생각한 사리는 드물게도 구체적인 비전 없이 탐색을 해 보기로 했다.

"가끔은 이런 것도 괜찮겠다. 메이플을 본받아서."

가까운 시일 내에 추가될 5층에 기대를 품으며 사리는 3층으로 향했다.

결과를 말하면 스킬 수확은 없었고, 이벤트도 딱히 없었다.

사리가 할 수 있었던 것은 【얼음 기둥】의 사용감을 확인하는 것 정도였다.

하지만 이번에 써 보고 사리는【얼음 기둥】의 편리함에 완전히 사로잡혔다.

원래부터 위험한 범위 공격은 금방 부서져 버리는 일회용 마법 벽으로 막고 있었기 때문이다.

그런데 1분 동안이나 유지된다면 이만큼 기쁠 수가 없다.

사리는 얼음 기둥이 투명하지 않으면 뒤에 숨었을 때 모습이 보이지 않으니 더욱 좋았을 거라고 생각했지만, 그렇지 않더라도 충분했다.

7장 방어 특화와 5층으로.

메이플과 사리의 겨울 방학이 끝나고 1월도 반을 넘겼을 때.

사리가 고대하던 5층 지역이 추가되었다.

업데이트 당일, 잽싸게 길드 홈으로 온 사리가 잠시 기다리자 같은 생각을 가진 길드 멤버가 모여든다.

"오오, 다 모였네!"

설마 모든 멤버가 모일 줄은 몰랐던 사리는 놀람과 기쁨이 섞인 목소리를 냈다.

"응? 아니, 메이플이 없는데?"

"아아……. 메이플은……."

크롬의 물음에 생각난 듯 사리가 이유를 말한다.

"독감에 걸려서……. 매년 있는 일이에요."

"그, 그래? 어떡할까? 다른 날에 모두 모여서 갈까?"

크롬의 제안에, 메이플이 있으면 시간이 맞는 멤버가 몇 명만 있어도 깰 수 있을 테니 지금 있는 멤버로 먼저 진행하자고 결론을 내렸다.

이 결론에 반대하는 사람은 없었다.

최악의 경우라도 메이플이라면 혼자서 보스를 잡을 수도 있으리라.

이리하여 메이플이 빠진 【단풍나무】는 5층으로 이어지는 던전으로 향했다.

사리를 포함한 일곱 명은 던전을 목표로 몬스터를 쓸어버리며 진격했다.

크롬이 공격을 막고, 마이와 유이가 때리기만 하면 된다. 크롬은 확실하게 공격을 받아내 마이와 유이에게 결코 공격이 들어가게 하지 않는다. 메이플 때문에 눈에 띄지 않지만, 크롬 또한 톱 클래스 방패 유저인 것이다.

메이플이 없기 때문에 이동 속도가 공격에 올인한 두 사람에 맞춰 최하 속도까지 떨어져 있다는 것을 빼면, 두말할 필요도 없이 잘 완성된 파티라고 할 수 있다.

"아, 보인다."

전투 동안 몬스터의 공격을 유도하던 크롬이 가리킨 곳에는 동굴이 입을 벌리고 있었다.

"얼른 쓰러뜨리고 가자."

머리 위에서 책장을 휙휙 돌리면서 카나데가 말한다.

"그래, 가자."

그대로 일곱 명은 멈추는 일 없이 던전 안으로 들어갔다.

던전 안에는 물리 무효 몬스터와 물리 대폭 경감 몬스터가 넘쳐나고 있었다.

경감 몬스터는 마이와 유이라도 일격에 죽일 수 있지만 무효는 그럴 수 없다. 그리고 도깨비불 같은 것이 나올 때마다 사리의 움직임이 확 나빠지기 때문에, 카나데와 카스미를 중심으로 번갈아 공격하면서 던전을 공략해 나간다.

기본적으로 전투를 하지 않는 이즈 외에는, 거듭된 4층 탐색 덕에 물리 내성 몬스터와의 전투에 익숙했다.

통상 필드에서 익숙해진 도깨비불 몬스터의 화염 공격은 크롬이 민첩한 움직임으로 가드하고 카나데가 해치운다.

대미지를 받으면 이즈가 아이템으로 즉시 회복시킨다.

물리 내성만 있는 잡몹은 말할 가치도 없다.

메이플이 없는 파티라도 던전에 넘쳐나는 잡몹으로는 위협이 되지 않는 것이 당연했다.

사리 일행은 계속해서 진격해, 별 탈 없이 보스방에 도착했다.

"연다?"

사리가 뒤돌아보고 말하자, 전원이 말 없이 고개를 끄덕이고 각자 장비를 준비한다.

그 직후 문이 활짝 열리고 전원이 안으로 뛰어들었다.

방 안쪽에 있던 것은 꼬리가 아홉 개 달린 커다란 여우였다.
털에 윤기가 흐르는 노란 꼬리를 흔들고 있다.

"모두, 계획대로 해!"

사리의 호령에 전원이 흩어진다.

사리가 살짝 왼쪽 앞, 카스미가 카나데와 함께 살짝 오른쪽
앞으로 달려 나간다.

남은 네 명은 크롬을 선두로 입구에서 대기하고 있다.

전위인 사리와 카스미는 달리면서 이즈에게 받은 아이템을
사용한다.

손안에 꼭 쥐고 있던 노란 결정을 깨뜨리자, 두 사람의 무기
에 노란 섬광이 파직파직 튄다.

이번에는 일정 시간 무기에 마비 효과를 부여하는 결정을 사
용해 재빠르게 여우를 마비시키는 작전이다.

"이쪽을 봐라!"

사리가 여우의 앞발을 베어 주의를 돌린다. 여우는 깨물기
와 발톱 공격, 꼬리 후리기로 사리를 공격하지만 사리는 취득
한 지 얼마 안 된 【얼음 기둥】을 구사해 공격을 피하면서 카운
터를 가한다.

그렇게 사리가 피하고 있음으로써 카스미와 카나데가 자유
롭게 움직일 수 있다.

"【패럴라이즈 봄】!"

"【제4의 검·선풍】!"

마비 효과를 가진 카나데의 마법, 마비 효과를 부여한 카스미의 4연격.

카스미와 카나데에게 여우의 주의가 쏠리지 않도록 사리가 대미지를 계속 주고 있는 것도 있어서, 마비로 일시적으로 무력화할 수 있다고 알려진 대로 잠시 후에 여우의 움직임이 멎었다.

"마비가 먹혔어!"

한번 마비가 풀리면 다음은 잘 통하지 않으므로 이 기회를 만들 수 있는 것은 한 번뿐이다.

하지만 마이와 유이가 있다면 기회는 한 번으로 족했다.

공격의 여파에 당하지 않도록 크롬에게 보호받고 있던 최종 병기가 똑바로 여우에게 달려든다.

그 한 걸음 한 걸음이 여우에게는 죽음에 다가서는 카운트다운이다.

""【더블 스탬프】!""

대형망치에서 펼쳐진 두 사람의 2연격은 여우의 행동 변화를 전부 무시하고 없애 버렸다.

두 사람이 있으면 언제나 적의 패턴을 무시할 수 있다. 그리고 오늘 자리를 비운 길드 마스터가 있으면, 모든 패턴을 봐도 전부 헛수고로 그친다.

◆ ◻ ◆ ◻ ◆ ◻ ◆ ◻ ◆

이렇게 해서 멤버 일곱이 무사히 5층으로 진출하고 며칠 뒤 메이플이 4층 길드 홈에 오자 사리만이 거기 있었다.

"다들 이미 5층에 갔어?"

"응, 내가 도와줄까? 갈 거면 오늘은 좀 시간이 없으니까 빠르게 갔으면 하는데……."

메이플은 서두르고 있는 기색인 사리의 마음만 기쁘게 받고, 로그아웃 해도 괜찮다는 뜻을 표했다.

"아, 마지막으로…… 어땠어? 강했어?"

"음……. 뭐 4층 몬스터로는 최강 클래스가 아닐까?"

"최강……. 응응, 그렇구나. 으음…… 역시 사리는 혼자서 싸운 거지?"

"……? 아니, 일곱 명이서 갔어. 뭐 메이플이라면 혼자서라도 어떻게든……."

"그런가, 그렇구나. 그렇게도 할 수 있게 됐구나."

메이플은 그 말에 기운을 얻은 듯이 표정이 밝아졌다.

"뭐 글쎄? 응. 미안해, 같이 못 가 줘서. 정말로 예정만 없었으면……."

"아냐아냐! 분명 괜찮을 거야! 사리도 갈 수 있다고 말해 줬
는걸. 나도 딱 갈 수 있게 된 참이고."

그렇게 말하고 메이플은 사리에게 작별을 고하고 길드를 나
갔다.

"독감이 나아서 곧바로 가고 싶었던 걸까? 음─? 뭐 됐어.
서둘러야지!"

사리는 현실에서 기다리고 있는 용무에 늦지 않도록 서둘러
로그아웃 했다.

메이플은 목적지를 향해 똑바로 달려간다. 모두들 먼저 갔
으니까 빨리 따라잡아야겠다 싶어 의욕도 충분하다.

"좋아─, 힘내자……."

심호흡을 한 번 하고, 메이플은 방 안으로 발을 디뎠다.

"이리─오너─라!"

"오오……? 설마 인간이 올 줄이야."

메이플의 말에 대답한 것은 키가 큰 새하얀 주인이었다.

메이플은 이 4층의 【최강】과 대치하게 된 것이다.

"후후홋, 5층으로 보내줘야겠어─!"

메이플은 기운차게 주인에게 선언했다.

주인을 따라 마법진에 올라서자 준비된 배틀 필드로 이동한
다.

"자, 겨루어 보겠는가, 인간."

약간 떨어진 장소에 있던 주인이 말하자, 그 오른손에 2미터 정도의 언월도가 출현한다.

"살살 부탁합니다……. 【전 무장 전개】! 【포식자】!"

철컥철컥 소리를 내며 메이플의 몸에서 대량의 병기가 전개된다.

왼손에 방패를 들고, 오른손은 거대한 기계 검으로 만들어 몸을 숨기듯이 자세를 취했다.

"【공격 개시】!"

메이플 주위의 포구와 총구가 일제히 레이저와 탄환을 발사한다.

잘 조준하지 않아도 맞을 정도로 엄청난 양의 공격이 도깨비에게 쏟아진다.

그러나 주인은 자신의 몸에 맞으려 하는 모든 탄환을 언월도로 빗나가게 하고 쳐서 떨어뜨린다.

하지만 메이플의 공격이 그치는 일은 없기 때문에 공격으로 전환하지는 못한다.

"사리 같은 짓을 하네……. 시럽! 【거대화】!"

메이플은 시럽을 【거대화】시켜 공중에 띄우고, 괴물 두 마리를 데리고 주인에게 접근한다.

메이플이 다가가 착탄되는 시간이 짧아져도 주인이 대미지를 받는 일은 없었다.

"시럽, 【정령포】!"

시럽의 공격으로 하늘에서 빛이 하얗게 쏟아져 내리지만 그것마저도 주인은 회피한다.

"우…….【히드라】!"

메이플에게서 뿜어져 나온 독이 주인에게 덮쳐든다.

주인은 언월도를 눈앞에서 회전시켜 독의 격류를 전부 튕겨 냈다.

그 직후, 자폭으로 날아간 메이플은 모든 것을 먹어치우는 방패와 둔하게 빛나는 검을 내밀고 스스로 탄환이 되어 달려들었다.

그러나 그것은 동시에 공격을 멈추는 타이밍이 생긴다는 뜻이기도 하다.

"날아가 버려라, 인간!"

주인이 엄청난 속도로 반응해 휘두른 언월도는 메이플의 병기를 깨부수면서, 날아온 메이플을 옆에 따라온 괴물까지 한꺼번에 멀리 날려 버렸다.

그때 메이플의 방패와 검이 아주 약간 도깨비의 몸을 헤집어 대미지를 주었지만, 생채기 수준에 지나지 않는다.

"우왓! 이, 얍!"

메이플은 쩔컹쩔컹 소리를 내며 지면에 튕겨 굴러가다가 겨우 일어섰다.

시야에 달려오는 주인의 모습이 비친다.

"【흘러나오는 혼돈】!"

괴물의 아가리가 접근한 주인을 덮치지만 주인은 회피하고 말았다.

그러나 【포식자】의 나머지 두 개의 아가리가 가한 추격타는 주인의 양팔을 용서 없이 도려냈다.

그럼에도 멈추지 않는 주인의 언월도가 카운터로 【포식자】들을 베어낸다.

양쪽에서 뿜어져 나오는 붉은 대미지 이펙트 너머로 다시 돌격한 메이플은 방패를 휘둘러 【악식】으로 주인의 오른쪽 반신을 먹어치우며 통과했다.

"【포식자】는 당해 버렸지만……. 관통 공격인지 아닌지 모르니까."

【헌신의 자애】를 사용하면 HP를 잃는다. 그 순간에 【포식자】 두 마리분의 관통 공격이 들어오면 순식간에 당할 가능성도 있기 때문에 메이플은 안전을 택한 것이다.

메이플도 다소 게임에 익숙해져서, 혼자일 때와 길드 멤버들과 함께 싸울 때의 전투 방법이 달라졌다. 부서진 병기를 다시 전개해 주인에게 겨눈다.

"【공격 개시】!"

메이플은 다시 총격을 개시하고 한숨 돌린다.

"여러 가지 공격을 할 것 같은데……. 지금은 대미지도 없고, 이걸 되풀이하면 괜찮으려나?"

메이플은 어느 쪽이 보스인지 알기 힘들 만큼 상대를 제압하고 있었다.

총탄은 여전히 전부 튕겨나가지만, 멀찍이 보이는 HP 게이지는 조금 전 몇몇 공격으로 80퍼센트가 될까 말까 한 부분까지 깎여 있었다.

"한 번 더……."

메이플이 다시 한번 걸어 나가려 했을 때 주인의 움직임이 바뀌었다.

탄막의 범위에서 순식간에 벗어나는 도약. 5미터 정도 높이까지 뛰어오른 주인의 주변에 보랏빛 불꽃이 나타난다.

"으엑!?"

메이플이 황급히 각도를 수정하려 했지만, 그보다 주인의 불꽃이 발사되는 것이 빨랐다.

"전부 돌려주도록 할까."

메이플이 사용한 스킬 전부를 그대로 불꽃으로 재현해 반격한다.

보통 방패라면 이 반격은 접근 공격을 받는 정도였겠지만, 이번에는 지면 전역을 불꽃으로 태워 시야를 빼앗는다.

열선이 쏘아져 나오고 화염탄이 작열하고, 불꽃의 용이 지면을 모조리 불태운다.

"우우!? 어, 어떻게 된 거야, 이거!"

메이플의 공격에 관통능력은 없기 때문에 대미지는 없지만, 키보다 높이 솟은 불꽃 속에서 주인을 인식할 수가 없다.

"이, 일단은!"

메이플은 병기를 지면으로 향하고 주인의 불꽃을 자신의 폭염으로 흩어버리며 공중으로 뛰어올랐다.

목표는 하늘에 그대로 떠 있는 시럽이다.

"【헌신의 자애】!"

병기 속에서 천사의 날개가 뻗어 나오고 메이플의 머리색이 금색으로 바뀐다. 메이플은 서둘러 줄어든 HP를 포션으로 회복한다.

"시럽!"

시럽의 등에 처박힐 듯한 기세로 올라탄 메이플을 열선이 덮친다.

【헌신의 자애】 효과 덕택에 시럽이 피해를 보는 일은 없고, 불타는 지면이 없어져 간신히 주인의 모습도 보이게 되었다.

"복제……?"

메이플이 사용하는 공격에는 메이플 자신에게 유효타가 되는 것이 전혀 없다.

그러므로 주인이 메이플의 공격을 모방해서 사용하는 동안은 절대적으로 안전하다.

"우선 이게 끝날 때까지 여기 있자!"

메이플은 열선 속에서 시럽의 등에 고쳐 앉았다.

시야를 온통 환하게 물들이는 업화가 그쳤을 때, 메이플은 【헌신의 자애】를 해제하고 땅으로 뛰어내렸다.

"【공격 개시】!"

메이플이 다시 사격을 개시한다.

그리고 공격을 막기만 하는 주인에게 한 걸음씩 다가간다.

"흐읍……!"

메이플이 검과 방패를 들고 세 번 돌진했다. 주인과 메이플이 교차하여, 메이플의 병기와 방어구가 부서지고 주인의 몸이 【악식】에 흡수된다.

그러나 주인이 부순 것은 어디까지나 메이플의 몸을 감싼 장비일 뿐이다.

더구나 그렇게 부순 방어구는 재생하고, 뭉개 버린 병기는 다시 새로 전개되는 것이다.

"좋아, 이대로!"

메이플은 그렇게 말하며 일어서서 주인을 향하려고 한다.

그 눈에 비친 것은, 바로 눈앞에서 붉게 빛나는 언월도를 내리칠 태세에 들어간 주인의 모습이었다.

"왓!?"

순식간에 방패를 내민 메이플을 급격히 각도를 바꾼 언월도가 덮친다.

옆으로 후려치는 것에 가까운 언월도의 공격은 메이플을 쳐서 날려 버렸다.

"웃…… 큭, 【공격 개시】!"

메이플은 날려가 떨어진 장소에서 무릎을 꿇으며, 주인이 다가오지 못하도록 공격한다.

옆구리에서는 붉은 대미지 이펙트가 넘쳐흐르고 있었다.

"우우, 관통 공격……. 포션, 포션……."

메이플은 인벤토리에서 포션을 꺼내 사용했다.

반이 조금 넘는 선까지 줄어들었던 HP가 포션 한 개로 회복된다.

나름대로 성능이 좋은 포션이라면 메이플의 HP 정도는 금방 완전히 회복시킬 수 있다.

"으음……. 원거리 공격은 막혀 버리는데, 어떡할까."

메이플은 근거리 공격이 의외로 적다. 그나마 효과를 기대할 수 있는 것이라면 【포학】으로 공격하거나, 【악식】이나 병기로 공격, 또는 【포식자】의 공격 정도다.

"음……. 응! 좋아!"

메이플은 다시 한번 조금 전과 똑같이 돌진했다.

똑같이 도깨비와 교차하고, 똑같이 서로 피해를 주며 메이플은 주인의 옆구리를 빠져나간다.

"여기, 서!"

한층 더 큰 폭발음이 울려 퍼지고 메이플이 공중으로 튀어오른다.

조금 늦게 휘둘린 주인의 언월도가 허공을 가르고, 메이플은 아득히 높이 있는 시럽의 등에 뛰어올랐다.

"후……. 고마워, 시럽! 살았어—!"

메이플은 시럽을 쓰다듬고는 다시 땅으로 뛰어내린다.

메이플은 땅에 내려오자마자 주인에게 돌진해 행동할 선택지를 주지 않는다.

돌진한 후 상공의 시럽에게 피난, 그리고 곧바로 돌아온다. 이 행동을 되풀이함으로써 메이플은 공격을 받지 않고 주인의 HP를 깎을 수 있었다.

주인은 메이플의 총격에 의해 원래부터 극도로 행동을 제한당하고 있다. 게다가 메이플이 스스로 포탄이 되어 다른 어떤 플레이어도 상회하는 속도로 입체기동을 하고 있기 때문에, 주인으로선 돌파할 방법이 없었다.

메이플은 깎는다. 그저 한결같이 주인의 HP를 깎아 나간다.

그 결과, 일절 반격을 허락하지 않고 주인의 HP를 절반까지 줄이는 데 성공했다.

"……윽!"

몇 번째인가 돌진한 후, 공중으로 뛴 메이플은 시럽의 등 위에서 주인의 변화를 포착했다.

"인간……. 제법 하는구나!"

그렇게 소리친 주인을 중심으로 하얗게 빛나는 빛이 소용돌이친다.

지면 가까이에는 바람이 마구 불어, 메이플에게도 그 폭풍의 소리가 들렸다.

명확한 변화에 메이플이 방패를 들고 시럽의 등 위에서 상태를 살핀다.

"자아……. 간다, 인간!"

울려 퍼지는 목소리와 동시에 주인이 허공을 달렸다.

그대로 흰빛의 꼬리를 끌며 메이플과의 거리를 좁힌다.

"헉!?"

게다가 언월도가 두르고 있는 관통 공격의 붉은 이펙트를 보고 메이플은 위험을 감지했다.

"시럽, 【휴면】!"

메이플의 목소리에 응해 시럽이 반지 속으로 사라진다.

그 등에 타고 있던 메이플은 그대로 중력에 의해 땅으로 떨어진다.

"【공격 개시】!"

주인에게서 멀어지도록 포격하면서 지면에 내린다. 메이플에게는 지면에서 뜬 채 쫓아오는 주인의 모습이 보였다.

"우우……. 크으……. 윽! 맞다!"

방향을 바꿀 필요가 없는 메이플은 그 상태에서 인벤토리를 열었다.

"이거!"

메이플은 빛나는 무언가를 비를 내리듯이 흩뿌렸다.

그것은 인벤토리에 넣어 놓았던 포션이다.

"다음은…… 이거!"

방향을 전환해 다시 뿌린다.

모든 장소에 포션이 떨어져 있도록.

그것을 어디서든 주울 수 있도록 하기 위해서.

두 시간 동안은 같은 자리에 남아 줄, 완전 회복이 가능한 휴식지점.

"간다!"

메이플은 결의를 하고 주인에게 돌진한다.

"야압!"

메이플은 몸을 꺾어 방패와 검을 세차게 내리치고, 대신 왼쪽 어깨로 언월도를 받아내며 지면 쪽으로 빠져나간다.

"아야야……. 빨리 끝내야 하는데……!"

오랜만에 받는 대미지.

메이플이 가능하다면 느끼고 싶지 않은 아픔은, 떨어져 있던 포션을 주워 금방 없앴다.

상대에게 관통 공격이 있다면 전투를 너무 오래 끌고 싶지 않았다.

"한 번 더!"

메이플이 불꽃을 올리며 공중을 난다.

주인은 빛을 두르고 허공을 달린다.

두 개의 빛은 때로 교차하고, 부딪혀, 붉게 빛을 흩뿌린다.

메이플은 병기를 부수면서 지면을 구르다 도중에 포션을 줍는다.

"한 번 더…… 어?"

메이플을 엄습하는 위화감.

"무기가…… 안 나와?"

공중을 날 때마다 쓰고 버렸던 병기.

그것은 유한하다.

쏟아낼 소재가 떨어지면 더 이상 꺼낼 수 없다.

거듭된 견제와 비행으로 다 써버린 것이다.

"먹어라, 인간!"

총격에 의한 제한에서 해방된 주인이 화염탄을 쏘면서 메이플에게 접근해 언월도를 치켜 올렸다.

"【포학】!"

인간의 모습을 뒤덮어 가는 괴물의 모습.

대미지 이펙트를 뿌리면서도 언월도까지 한꺼번에 그 커다란 입으로 물어뜯는다.

"가라앗!"

메이플의 이빨이 주인의 몸을 부순다.

서로 대미지를 주면서 대미지를 받는다.

남은 HP가 30퍼센트 아래로 떨어졌을 때 주인에게서 충격파가 발생하고, 주인은 메이플에게서 빠져나왔다.

그대로 거리를 벌린 주인의 주위에 흰빛이 모여든다.

"아직이다, 인간……!"

주인의 모습은 커져서 새하얀 머리카락이 물결치는 거대 도깨비가 되었다.

대치하는 두 마리의 괴물이 접근해 각각 공격을 펼친다.

아까는 기술의 대결이라면, 지금은 힘의 대결이다.

그 대결에 회피는 존재하지 않고, 서로가 공격을 공격으로 되받아친다.

"지지 않아!"

메이플이 입에서 토해내는 불꽃이 주인을 둘러싼다.

붉게 빛나는 주인의 주먹이 메이플의 몸을 친다.

그리고 주인의 HP 게이지가 20퍼센트 아래로 떨어진 그때.

"웃……!"

메이플을 덮고 있던 괴물의 형상이 무너지고, 메이플이 지면에 낙하한다.

메이플의 공격력이 올라갔기는 해도 주인에게는 미치지 못한다.

이렇게 되면 관통 효과를 가진 공격을 계속 받은 메이플의 외피가 먼저 무너지는 것은 당연했다.

"【히드라】! 시럽! 【각성】! 【거대화】!

메이플은 다시 시럽을 불러내 다가오려 하는 주인을 히드라로 견제한다.

회피를 하지 않게 된 주인은 그대로 대미지를 받지만 그럼에도 주먹을 내리친다.

"【흘러나오는 혼돈】! ……윽, 시럽! 【대자연】!"

사용할 수 있는 스킬을 연달아 토해내며 견제를 계속한다. 시럽에게 지면에서 거대한 덩굴을 뻗게 하여 시간을 벌고, 메이플은 시럽의 등 위에 뛰어올라 공중으로 떠올랐다.

"서둘러야 해! 우왓!?"

떠오른 시럽의 아래.

메이플이 시럽에게 치게 한 덩굴 바리케이드를 깨뜨리고, 주인의 주먹 크기만 한 바람이 탄환처럼 날아왔다.

"시럽!"

시럽에게 직격한 바람은 시럽을 일격에 쓰러뜨리고 메이플을 땅에 떨어뜨렸다.

떨어지는 메이플에게 주인의 주먹이 꽂힌다.

떨어지면서 마침 들고 있던 방패가 그것을 받아냈지만, 공중에 뜬 상태로는 그 자리에 멈춰 있을 수가 없다.

통상적인 넉백과는 비교도 안 될 정도로 멀리 날려간 메이플에게 대미지는 없지만, 원래부터 스킬에 많이 기대는 메이플은 그렇게까지 가드를 잘하지 못한다.

다음번에도 다시 막을 수 있으리라고는 장담할 수 없다.

지면에 엎어지면서 보자 쇄도하는 주인의 모습이 눈에 들어왔다.

따라잡히면 이번에는 떨어질 수단이 없다.

그리고 눈앞의 지면에 있는 무언가를 발견한 메이플은 잠시 후 묘안을 번쩍 떠올렸다.

"【퀵 체인지】!"

푸른빛이 메이플을 감싸고, 순식간에 메이플의 장비가 순백으로 바뀐다.

"이걸……!"

메이플 주위에 떨어져 있던, 뿌려놓은 채 다 쓰지 못했던 포션을 주워서 사용해 급증한 HP를 완전 회복시킨다.

그때는 이미 주인의 주먹이 바로 가까이 닥쳐와 있었다.

"【이지스】!"

번쩍이는 붉은 대미지 이펙트를 흰빛이 덮어버린다. 메이플을 빛의 돔이 덮어간다.

10초 동안의 절대방어영역.

메이플에 대한 모든 공격은 무효화된다.

"빨리…… 쓰러져!"

조금이라도 대미지를 주기 위해 꺼낼 수 있는 스킬을 한계까지 사용한다.

주인의 HP는 10퍼센트 정도까지 줄어들었지만, 단도에서 넘쳐흐르는 독 방울을 본 메이플은 초조했다.

메이플에게는 【이지스】가 끝난 후에 펼칠 방어계 스킬도, 공격계 스킬도 없는 것이다.

너무나 빠른 주인의 언격은 메이플에게 【히드라】를 재사용할 시간도 허락해 주지 않는다.

버틸 수 없다고 생각한 메이플의 머릿속, 기억의 한구석에서 완전히 잊어버리고 있었던 스킬이 떠올랐다.

"맞아……, 있었어!"

생각해냄과 동시에 【이지스】가 끝나 버리고, 주인의 공격이 다시 덮쳐든다.

"【얼어붙는 대지】!"

지난번 이벤트에서 손에 넣은 스킬. 자기 주위에 있는 자의 움직임을 멈추는 스킬.

연명. 천금 같은 3초.

잊고 있었던 스킬을 메이플의 입이 자아낸다.

"……【브레이크 코어】."

메이플의 심장 부분에 구멍이 뚫리고 붉은빛을 발하는 작은 구체가 튀어나온다.

그것은 메이플에게서 2미터 정도 떨어지더니 공중에서 멈췄다.

발동이 끝날 때까지 5초.

더욱 강력해진 최후의 관통 공격을 【불굴의 수호자】로 버틴 다음, 메이플은 이번 싸움의 명암을 가르는 역할을 해낸 지면의 포션을 사용하고 분한 듯이 조금 웃었다.

그 직후. 메이플도 주인도 구체를 둘러싸고 중력에서 해방된 듯이 떠올라 구체 주위를 빙글빙글 돌기 시작했다.

"주인 아저씨……. 분명 이번에는 비긴 거예요. 하지만! 5층에 가기 위해 한 번 더 올 테니까요!"

【기계신】 안에 있었던 스킬.

유일하게 장비를 대가로 하지 않는 스킬.

그렇다. 메이플이 잊고 있었던 이 스킬은 진정한 의미의 자폭 스킬이었다.

설명에 쓰여 있던, '대상 범위 내를 공격 불가로 만들고 자폭. 자타가 함께 큰 대미지를 받는다'는 문장, 그중에서도 【자폭】이라는 단어는 메이플이 이 스킬을 잊게 만들기에 충분했던 것이다.

"잘 있어요!"

메이플은 눈을 꼭 감고 그때를 기다렸다. 몇 초 후, 하늘까지 치솟는 폭염이 메이플과 함께 주인을 불살랐다.

"아아……. 정말, 어쩐지 분하네에."

쓰러져 눈을 감은 채 메이플은 중얼거렸다.

이대로 잠들어 버리고 싶을 정도로 정신적으로 지쳤다. 메이플은 생각했던 것보다 더 졌다는 사실에 침울해져 있었던 것이다.

"됐어……. 오늘은 로그아웃하자."

메이플은 땅에 손을 짚고 일어나 눈을 떴다.

"어라? 어째서?"

눈앞에 펼쳐진 것은 주인과 싸웠던 황무지.

그리고 발밑에 쓰러져 있는 것은 조금 전까지 싸웠던 주인이었다.

"으으응? 응―? 왜지?"

'자폭했을 텐데?' 하고 메이플은 의문을 품었지만, 메이플은 자신의 HP 게이지가 반이나 남아 있는 것을 보고 설마 하고 어떤 생각에 이르렀다.

"내 방어력 때문……? 그래……, 응! 후훗! 역시 방어력이 중요한 거야!"

메이플은 자신의 압도적인 방어력 덕에 살았다고 기뻐하며, 이윽고 쓰러져 있는 주인에게 말을 걸었다.

"저기…… 괜찮아요?"

몸을 숙여 쿡쿡 찌르자 주인은 몸을 일으키더니 입을 열었다.

"하하하……! 제법이구나, 인간."

주저앉은 채 주인이 웃는다.

주인은 몸에 묻은 흙먼지를 탁탁 털더니 천천히 일어섰다.

"따라와라."

그렇게 말하고 걷기 시작한 주인의 뒤를 따라간다.

주인이 출현시킨 마법진에 올라 메이플은 원래 있던 4층의 방으로 돌아왔다.

"자, 인간. 약속대로 나의 뒤를 이어라. 그럴 생각으로 왔겠지?"

주인의 두 손이 빛나고, 붉게 칠해진 술잔이 두 개 출현했다.

주인은 그중 하나를 메이플에게 건네더니, 또 새롭게 출현시킨 커다란 호리병으로 메이플과 자신의 술잔에 액체를 따랐다.

"설마 인간이 뒤를 이을 줄은 몰라서 말이다. 요괴의 술은 사람이 마실 수 없다. 술은 무리지만…… 뭐, 모양만 내지."

"아, 네!"

주인과 메이플이 그것을 다 마셨을 때, 메이플에게 스킬 획득 알림이 도착했다.

[스킬【백귀야행Ⅰ】을 취득했습니다.]

그로부터 잠시 동안 메이플이 주인의 이야기를 들으며 맞장구를 치고 있는데, 주인이 이야기를 끝맺고 마무리에 들어갔다.

"갈 곳이 많겠지? 다시 오너라, 환영하마. 내가 죽는 그날까지…… 언제든지 싸우자."

"어어, 다시 싸우는 건 싫지만요. 네, 또 올게요!"

메이플은 주인에게 손을 흔들고 그 방에서 나와 장지문을 닫고는 기지개를 쭉 켰다.

"후우. 아야야……. 어휴, 피곤해—! 당분간 싸움은 안 해도 돼……."

메이플은 이번 전투에서 대미지를 많이 받는 바람에, 패배하지는 않았지만 피폐해져 있었다.

메이플은 힘든 전투는 물론 당분간은 편한 전투도 가능한 한 피하고 싶다고 생각했다.

"맞다, 스킬은 확인해 둬야지. 어디 보자……."

【백귀야행Ⅰ】

1분 동안「빨간 도깨비」,「파란 도깨비」를 소환한다.
도깨비의 스테이터스는 스킬 레벨에 따른다.
그동안 사용자가 가진 모든 스킬은【봉인】상태가 된다. 장비 스킬은
【봉인】되지 않는다.

두 도깨비의 현재의 스테이터스를 확인했을 때 메이플은 어떤 사실을 깨달았다.

"어, 아하, I 이 붙어 있구나. 올리는 방법은⋯⋯."

메이플은 스킬을 올리는 법에 짚이는 곳이 하나 있었다.

주인은 분명히 메이플에게 '죽을 때까지 언제든지 싸우자'라고 말했다.

그렇다면 스킬 레벨을 올리는 방법은 하나.

한 번 더, 두 번 더. 몇 번이고 주인을 쓰러뜨리는 것 말고는 있을 수 없다.

메이플은 그렇게 생각했다.

"와⋯⋯. 그런 거라면, 이제 그만할래⋯⋯."

멍한 채로 무심결에 흘러나온 그 말에는 주인과는 이제 싸우고 싶지 않다는 마음이 짙게 배어 있었다.

메이플은 건물에서 나와 마을로 가서 다시 기지개를 켰다.

머리가 맑아졌는지 메이플의 머릿속에서 하나 떠오르는 것이 있었다.

"⋯⋯다음 층에 못 갔잖아—!?"

메이플의 맑고 높은 외침이 4층 마을에 울려 퍼졌다.

8장 방어 특화와 구름 마을.

"5층. 어떡하지이."

오늘은 더 이상 싸우고 싶지 않은 메이플이 벤치에 앉아 있을 때, 마을 중심부 쪽에서 안면이 있는 인물을 포함한 6인조가 걸어왔다.

"프레데리카?"

"으응, 메이플? 무슨 일이야~?"

프레데리카는 정기적으로 사리와 싸우고 있어서 메이플과도 이야기할 기회가 많았다.

그래서 메이플의 목소리에 반응해 멈춰 선 것이다.

어째서 5층에 갈 수 없는지 이상하게 생각한 메이플은 프레데리카라면 알 거라고 여겨 5층으로 가는 방법을 물었다.

"우우……. 착각…… 착각이라니……."

그 결과, 진실을 알게 된 메이플은 힘이 쭈욱 빠져 벤치에 몸을 내던졌다.

"나는 지금부터 여섯 명으로 5층으로 가는 던전에 가려던 참

이야~. 그러니까~, 다음에 또 놀자."

"그렇구나……. 그런 거야? 그러면."

메이플은 천천히 일어나 말을 꺼낸다.

"나도 따라가도 될까? 모두 지켜줄 테니까, 아니 그것밖에
못 하지만……."

메이플은 많은 스킬이 사용할 수 없는 상태임을 말했다.

"응~? 음……. 좋아~. 파티에 빈자리도 있으니까."

애초에 프레데리카는 거절할 이유가 없었다.

보스를 쓰러뜨리려고 히든 보스를 동료로 데려가는 거나 마
찬가지니까.

돌파가 확실해지는 건 기쁜 일이다.

"그럼, 부탁합니다!"

메이플을 데리고 프레데리카 일행은 나아간다.

그렇긴 해도 메이플의 진행 속도는 그야말로 거북이걸음,
아니 그 이하다.

"어쩔 수 없으니까 운반해 주겠지만~."

프레데리카는 자신에게 버프를 걸고 등에 하얀 날개가 난 메
이플을 들고, 가속해서 던전으로 달려간다.

"응, 방어는 맡겨 둬……."

"충분해~."

가만히 있기만 해도 절대적인 수호영역이 생겨나는 것이 메
이플이다.

그것은 도중의 위험을 완전히 배제한다.

당연하겠지만 일곱 명은 한 명도 빠짐없이 보스방에 도착하는 데 성공했다.

"뭉쳐서 이동해~!"

보스방에 들어간 멤버는 메이플 앞에 서서 이동한다.

메이플의 【헌신의 자애】는 제4회 이벤트에서 여러 번 사용한 일도 있어서, 많은 플레이어가 그 능력을 알고 있었다――파티 멤버를 실질적으로 불사신으로 만드는 능력을.

타깃을 분산시키지 않더라도, 거의 모든 공격은 메이플 덕에 무력화되므로 다른 여섯 명은 똑바로 보스에게 가면 된다.

그렇게 해서 HP를 깎고 또 깎으며 보스인 여우를 몰아붙인다. 프레데리카 일행도 톱 레벨 플레이어라서 메이플의 지원이 있으면 지지는 않는다.

"응, 빨라졌어!"

프레데리카의 말대로 여우의 속도가 갑자기 빨라졌다.

갑작스러운 가속에 전위가 여우를 따라가지 못하게 되어 공격이 빗나간다.

여우의 HP는 20퍼센트 정도까지 줄어들었지만, 이때부터는 공격이 거의 맞지 않는다.

"사리만큼은 아니지만……."

마법을 계속 쏘면서 프레데리카가 중얼거린다.

조금은 맞혔지만, 상당히 시간이 걸릴 거라는 건 누구나 알 수 있었다.

여우가 뛰어 물러나고, 프레데리카가 한숨을 흘린다.

"귀찮네~, 엇!?"

사리와 싸움으로써 생기기 시작한 것.

드레드가 말했던 직감 같은 것.

그것이 프레데리카에게 뒤에서 오는 불길한 예감을 알린다.

프레데리카가 뒤돌아보자.

"【백귀야행】."

메이플의 빛나는 금발이 검은색으로 돌아가고 날개는 빛이 되어 사라졌다.

그 대신 흘러넘치는 것은 불꽃.

메이플을 뒤에서부터 밝히는 보랏빛 불꽃.

그 너머에 넘쳐나는 대량의 요괴, 메이플의 양쪽에 선 두 거대 도깨비.

메이플을 선두로 이어지는 백귀야행, 악몽의 행렬.

"가라."

쇠몽둥이를 든 거대 도깨비들이 튀쳐나간다.

맞서는 여우는 피할 곳이 없다.

몸집이 큰 여우를 쳐 없애려 하는 도깨비 또한 거대하다.

아직 스테이터스가 낮은 도깨비들이 여우를 일격에 쓰러뜨리기는 어렵다.

그래도 연타, 또 연타. 공간이 작아 보일 정도의 덩치가 셋.

멍해진 프레데리카 일행의 눈앞에서 붉은 꽃이 핀다.

뿜어져 나오는 피처럼 여우에게서 대미지 이펙트가 마구 피어난다.

회피능력이 올라가도 회피할 공간이 없으면 의미가 없다.

살아남을 수 있는 장소가 없는데 회피를 시도하는 것은 한없이 무의미했다.

여우가 쓰러지는 모습을 지켜보는 프레데리카 일행의 표정은 어쩐지 해탈한 듯했다.

여우가 완전히 빛이 되어 사라진 뒤, 5층으로 통하는 길이 나타났다.

"고마워, 프레데리카. 프레데리카한테 무슨 일이 있으면 도울 테니까, 또 봐."

"……어, 아아, 응."

아직 해탈의 경지에서 돌아오지 못한 프레데리카는 맥없이 대답했고, 그 말을 들은 메이플은 5층으로 사라졌다.

"메이플, 어디서? 아, 거긴가~."

프레데리카가 혼자 생각하고 있자, 바로 지금까지도 우두커니 서 있던 옆의 플레이어가 말을 걸었다.

"어디야? 그 스킬에 짚이는 데라도……."

점점 돌아가기 시작한 그 머리가 한 가지 가능성을 찾아내어, 이야기 도중에 퍼뜩 깨달았다.

"응, 아마 4층의 흰 도깨비이려나~."

"약체화 방법이 발견된 건가……?"

"어떨까~. 메이플이라면……."

약체화 없이 이겼을지도 모른다고 프레데리카는 생각했다.

확고한 증거가 없어도 그렇게 믿을 정도의 신뢰.

메이플을 강하다고 믿는 까닭에 할 수 있는 생각이었다.

"5층, 도차악!"

메이플은 【단풍나무】 멤버들보다 조금 늦게 5층으로 첫발을 내디뎠다.

약간 탄력이 있는 푹신한 지면은 한 점의 더러움도 없는 흰색.

그곳은 온통 구름인 나라. 천상의 낙원이었다.

"우리 집 침대보다 푹신푹신한 것 같아."

발에서 전해지는 감촉에 감동하며 메이플은 길드 홈으로 향했다.

"여기가 5층 마을인가아."

구름의 벽을 넘어가자 눈부실 정도로 하얀 마을이 펼쳐져 있었다.

현실에는 존재할 수 없는 깨끗한 벽과 길이 있었다. 하지만 모든 것이 부드러운 구름은 아니라는 것을, 메이플도 가까이 있는 집을 보고 깨달았다.

"어라, 그런데 이건 구름이 아니네."

메이플이 집 벽을 만져 보자 매끈매끈한 감촉이 든다.

발밑의 구름과는 다르게 연마된 석재를 연상케 하는 질감이었다.

"그리고 보니 나도 구름 위에 설 수 있으니까, 이 층에서도 찾아보면 여러 가지 소재가 있을지도 몰라."

메이플은 이 층에 존재하는 아이템은 도대체 어떤 느낌일까 생각하면서, 맵도 확인해 가면서 걸어가 길드 홈에 도착했다.

메이플은 하얀 문을 열고 안으로 들어간다.

"아무도…… 없네. 응, 그럼 나도 오늘은 로그아웃 해야지. 아아, 피곤해—!"

메이플은 한동안은 느긋하게 지내기로 결정하고, 파란 패널을 불러내 톡톡 눌러서 로그아웃했다.

며칠 후.

메이플은 길드 홈에서 사리와 이야기를 하고 있었다.

"아아―. 그쪽에 가 버렸었구나―."

"그렇다니까―. 지금까지 중에 제일 힘들었어……."

"그렇겠지. 뭔가 아귀가 안 맞는다고 생각했었어."

"확실히 지금 생각해 보니 그랬을지도."

메이플은 도깨비를 쓰러뜨린 후에 어떻게 5층에 왔는지 이야기하기 시작했다.

그리고 그러던 도중에 메이플은 프레데리카에게 【백귀야행】을 보여주었다는 것을 깨달았다.

"피곤해서 아무 생각도 안 하고 있었어―."

"뭐, 괜찮지 않아? 이제 그 정도로는 안 놀랄지도 모르고."

프레데리카 정도면 이제 메이플에게서 뭐가 튀어나와도 이상하지 않다고 판단한 플레이어에 들어갈 거라 생각해서 한 발언이었지만, 실은 아직 그 정도에까지 이르지는 않았다.

사리가 이미 그런 영역에 발을 들여놓고 있었기 때문에 그렇게 평가한 거였지만, 애초부터 메이플의 가까이 있었던 사리라서 겨우 그만큼 익숙해진 것이다.

"그럼 괜찮으려나? 있지, 사리는 벌써 5층을 탐색했어?"

메이플의 질문에 사리는 잠시 뜸을 들이더니, 무언가를 떠올리는 기색으로 대답한다.

"아직 전부 돈 건 아니지만 어느 정도는. 입체 구조로 된 곳이 많아서 계단을 오르내려야 하거나 언덕길이 많은 필드야. 그리고…….”

"그리고?"

"지면의 재질이 많이 달라서 뛰면 넘어질 것 같아."

"그래? 조심하는 게 좋을까."

"나한테는 사활이 걸린 문제니까 말이야—."

격렬한 공격이나 다대일 전투보다도 사리에게는 바닥이 불안정한 것이 더 문제였다.

미세 조정을 하지 않으면 모든 회피가 어긋나 버린다.

"메이플은 이따가 탐색 갈 거야?"

"나는 됐어. 요전번에 일주일치 정도 싸운 기분이라서 탐색은 다음에 할래."

"그렇구나……. 자기 페이스로 즐기는 게 좋아. 그렇게 해야 오래 할 수 있어. 메이플이랑 더 오래 게임하고 싶으니까."

처음부터 변하지 않는, 꺾이지 않는 그 마음이 사리의 원동력 중 하나라는 것은 틀림없었다.

"응, 즐겁게 놀고 있어."

"그럼 다행이고. 자, 나는 탐색하러 다녀올게. 어딘가 메이플이 좋아할 만한 경치가 있는 장소라도 찾아올까."

사리는 앉아 있던 의자에서 일어서더니 메이플에게 미소를 지었다.

"오—! 고마워!"

"메이플 몫만큼 탐색할 테니까 기대하고 있어도 좋아—."

"할게, 할게!"

"그럼 다녀올게."

"다녀와."

인사를 주고받고 사리는 길드 홈에서 나와 입구 문을 꽉 닫았다.

"그렇구나. 이겼구나……."

닫은 문에 기대 하늘을 올려다본다.

파랗게 갠 하늘이 사리의 눈에 비친다.

사리는 눈을 감고 조용히 심호흡을 한 번 하고는 문에서 떨어져 걷기 시작했다.

"지는 건 싫네, 응."

멀어진 거리를 좁히기 위해 사리는 달리기 시작했다.

"내가 꼬셔 놓고, 지기 싫어해서…… 미안해."

누가 들으랄 것도 없이 사리는 혼자서 중얼거렸다.

새하얀 구름으로 된 지면은 군데군데 튀어나오거나 움푹 들어가 있어서 달리기에는 적합하지 않다.

사리라 해도 전력을 다한 속도의 절반 정도로 달리는 것이 고작이다.

그보다 빨리 달리려 하면 균형이 무너지거나 심지어 넘어지기까지 할 것이다.

"자, 일단 뭔가 보이기 시작했는데."

사리의 시야에 비친 것은 하늘 높이 뻗은 구름이었다.

여름 하늘의 적란운처럼 존재감이 있는 그 구름의 아래쪽, 즉 사리가 지금 있는 지면에서 이어지는 곳에 그 구름 속으로 들어갈 수 있는 길이 있었다.

"들어갈까……. 응, 그렇게 하자."

사리는 대거 두 자루를 뽑아 경계 태세를 취하고 적란운 안으로 들어간다.

좁은 입구를 빠져나가자 어느 정도 높이가 있는 길이 몇 개나 뻗어 있었다.

마치 미로 같은 구조에 사리는 모퉁이에서 순간적으로 마주칠지 모를 사고를 경계하며 한 걸음 한 걸음 나아간다.

"트랩…… 없음. 몬스터 없음, 오케이."

사리는 벽과 바닥을 통통 두드리면서 조금씩 걷다가 앞에 보이는 길모퉁이에서 벽에 딱 붙어 그 너머를 흘끗 살폈다.

"아이코."

통로에 잿빛 구름 몬스터가 둥둥 떠 있었다. 비구름 같은 모습이다.

"오보로, 【순영】."

사리는 오보로의 스킬로 모습을 감추고 단숨에 다가가 양손의 대거로 수차례 공격을 펼쳤다.

몬스터 위에 있는 HP 게이지가 팍팍 깎이고, 사리의 모습이 보여서 구름이 반격하려 했을 때 딱 HP 게이지가 없어졌다.

"슬슬【검무】버프가 최대치가 되지 않으면 혼자서는 어렵겠어……."

템포 좋게 적을 쓰러뜨리지 못하면 당연히 회피해야만 하는 횟수가 늘어난다.

다시 말해 회피를 잘 성공시키기 위해서는 어느 정도의 공격력이 필요하다고 할 수 있다.

5층에 들어오자,【검무】최대치로도 내달리면서 적을 쓰러뜨릴 수 없게 되었다.

몬스터가 사리의 스테이터스를 따라잡았다는 뜻이다.

"새로운 스킬이 필요해."

사리가 길을 따라가자 이번에는 파직파직 소리를 내며 방전하는 타입의 구름 몬스터를 멀리서 발견했다.

"과연……. 그럼 아까 것은 물로 공격했으려나?"

조금 전 모습을 감추고 순삭한 구름이 비구름이라면, 이번 구름은 번개구름이다.

"잠깐 공격 범위를 확인해 두자."

사리는 언제든지 도망칠 수 있도록 조심하면서 번개구름에 천천히 다가간다.

어느 정도 다가갔을 때 번개구름에서 더 작은 번개구름으로 분리되더니 주변으로 흩어졌다.

"엇차!"

사리가 순식간에 분리한 구름에서 떨어지자, 조금 후에 본체를 포함한 구름들에게 파르스름한 번개가 튀면서 서로 이어졌다.

공기 중을 가로지르는 몇 줄이나 되는 번개의 실은 잠시 기다리자 사라졌다.

그것을 확인한 사리는 【도약】으로 단숨에 접근해 【더블 슬래시】와 통상공격으로 구름을 전멸시켰다.

"발동도 느리고, 번개구름은 약하네."

메이플이라도 사전에 준비하면 피할 수 있지 않을까 싶을 정도로 공격 발생 속도가 느리다.

범위가 어느 정도 넓기는 하지만 지금의 사리에게는 위협이 될 수 없었다.

사리는 길 중에서 경사진 길을 골라 걸었다.

목적지는 적란운의 정점이 아닐까 생각했기 때문이다.

그리고 그 생각은 들어맞았다.

"오? 벌써 빠져나왔나?"

사리의 시야에 파란 하늘색이 들어온다.

그것은 구름에서 나왔다는 것을 의미했다.

"영차!"

언덕길을 다 오른 사리는 구름의 정점으로 나왔다.

"난이도는 낮은 것 같네."

몬스터와 거의 만나지 않았고, 길도 길지 않다.

사리도 예전 층에서 소재를 모으기 위해 이런 타입의 장소를 몇 번이나 공략했던 적이 있었다.

그리고 사리는 발밑에 하얀 꽃잎을 가진 작은 꽃이 있다는 것을 알아차렸다.

꽃에 손을 댄 그때.

꽃의 중심에서 또르르 하얀 구체가 떨어졌다.

사리는 그것을 주워들고 아이템명을 확인한다.

"【하늘까지 닿는 비눗방울】?"

한 번 더 가지러 오기가 비교적 쉽다고 할 수 있기 때문에 사리는 그 아이템을 곧바로 사용해 보았다.

구름과 같은 하얀 구체가 팍 터지더니 사리 주위의 지면에서 잇달아 직경 1미터쯤 되는 비눗방울이 하늘로 날아올랐다.

"잡을 수 있을까?"

사리가 손으로 표면을 누르자 그 비눗방울은 한순간 꾸욱 반발했지만 곧바로 깨져 버렸다.

"계속되는 동안에는 보고 있을까……. 예쁘니까."

하늘에서 빛을 받아 반짝반짝 빛나는 비눗방울을 올려다보며 사리는 중얼거린다.

1분쯤 지나자 지면에서 비눗방울이 나오지 않고, 하늘로 올라간 비눗방울도 보이지 않았다.

유용한 아이템이 아니어서 아쉽기도 했지만, 사리는 별수 없다며 떨쳐냈다.

"뭐, 공략도 간단하니 이런 정도겠지……. 앗, 하지만 메이플을 위해서 몇 번 더 가지러 오는 건 괜찮겠다."

메이플이라면 이 아이템을 좋아해 줄 거라고 생각한 사리는 한동안 여기에 다니기로 했다.

메이플을 위해서 여러 가지를 찾아오는 것 또한 사리의 목적 중 하나인 것이다.

다행히 마을에서도 그리 멀지 않고, 적의 강함도 숫자도 그렇게 힘들지는 않을 정도였던 것도 있었다.

"좋아, 다음 구경거리를 찾으러 가자."

사리는 적란운 입구를 향해 구름길을 내려가기 시작했다.

사리가 새로운 장소를 찾고 있을 무렵, 크롬과 카스미는 사리와는 완전히 반대 방향을 탐색하고 있었다.

크롬이 공격을 받아내고, 카스미가 베어 쓰러뜨린다.

크롬이 때때로 대미지를 받지만 장점인 회복력으로 금세 복구된다.

그렇게 몇 번째인가의 전투를 무사히 마쳤을 때, 크롬이 무기를 집어넣으며 중얼거렸다.

"뭐라고 할까, 마음이 편안해지는군."

"응? 아아⋯⋯."

이 두 사람이 하는 전투는【단풍나무】내에서는 가장 조용한 것이었다.

이즈가 있으면 폭발음이 그치지 않는 전장이 생겨난다.

카나데가 있으면 마법의 섬광과 굉음이 잇달아 일어난다.

그리고 나머지 네 사람은 크롬과 카스미의 평상심을 깎아낼지 모른다.

지금 이곳에는 평화가 있었다.

"뭐, 아무래도 우리만으로는 던전 보스 토벌은 어려울 테니, 던전은 안쪽 상태를 조금 확인하는 정도인가?"

"그렇겠지, 강할 것 같으면 다음번에 우리 길드의 누군가를 부르면 돼."

이즈는 특수하다 치고, 나머지 중에는 누구를 불러도 강력하다.

"사리는 오늘 주변 탐색을 하러 나간 듯하니, 반대쪽의 생생한 정보도 모이려나?"

"그렇겠지. 어디부터 공략할지는 그 뒤에 정하도록 하자."

그렇게 두 사람이 이야기하면서 걷고 있는데, 천둥소리가 들리기 시작하더니 앞쪽 하늘이 시커먼 구름에 덮여 있는 것이 보였다.

각자 경계해서 무기를 뽑고 천천히 주위를 살피며 나아간다.

두 사람이 더욱 다가가자, 그 구역의 광경은 세세한 부분까지 어렵지 않게 확인할 수 있었다.

그 장소에서는 파란 하늘이 두꺼운 구름에 가려지고, 파르스름한 전기의 흐름이 끊어졌다 이어졌다 하며 지면과 하늘을 잇고 있었다.

여기저기 벼락이 떨어진다.

그 벼락에 규칙성이 있는지 아닌지 모르는 데다, 맞았을 때의 위험성도 미지수다.

"호오……, 여기는 메이플이군."

크롬은 재빨리 결론을 냈다.

"다음으로 갈까. 여기는 더 가기 어려워."

방향을 빙글 전환하고 두 사람은 말 그대로 뇌우가 내리는 구역을 뒤로했다.

벼락 지대를 피해 구름의 언덕을 올라갔다 내려갔다 하며 기복이 있는 지형을 몇 개나 넘어간 끝에, 아까 본 번개구름보다 조금 색깔이 연한 구름이 펼쳐진 장소가 나왔다.

구름 중에는 손을 뻗으면 닿을 정도로 늘어져 내려온 것도 있어, 지면의 기복과 합쳐져 전망이 몹시 나쁘다.

그 구름에서는 소프트 볼 정도 크기의 물방울이 천천히 떨어지고 있었다.

마치 무중력 공간처럼 하늘하늘, 하지만 확실하게 땅을 향해 낙하하는 물방울은 지면에 부딪치자 천천히 터져서 여덟 개의 물방울로 나뉘어 균등하게 튀고는 땅까지의 짧은 여행을 마치고 지면에 빨려들어 사라졌다.

"피하는 게 낫겠지?"

"아마도."

피할 수 없는 건 아니지만 떨어지는 양이 상당히 많아서 맞았을 때 어떤 피해가 있는지 확인하기로 했다.

"내가 가지. 대미지 계열이라면 안 죽을 수도 있으니까."

크롬은 방패를 들고 느린 비가 내리는 구역에 들어가 빗방울 하나를 받았다.

다음 순간. 크롬의 바로 뒤에서 부글부글 소리를 내면서 물대포 포대가 생겨나기 시작했다.

"크롬, 뒤!"

"응? 움직…… 어?"

크롬의 몸은 움직이고 있지만, 그 움직임은 떨어져 내리는 빗방울처럼 느리다.

포대가 만들어지는 것도 느리지만, 바로 뒤라서 제때 피할 수 있을지 어떨지 의심스러울 정도였다.

그러고 있는 동안 옆의 지면에서 튄 여덟 개의 물방울 중 하나가 크롬의 발에 맞았다.

그와 동시에 크롬의 비스듬히 뒤쪽에서 새로운 포대가 소리를 내며 생겨나기 시작했다.

간신히 뒤돌아보고 있던 크롬은 만약 자유롭게 움직일 수 있었다면 이마에 손을 짚고 하늘을 올려다보았을지도 모른다.

"이봐이봐, 진짜냐고……."

포대에서 물덩어리가 쏘아져 크롬의 어깨에 명중하고, 포대가 무너져 사라진다.

그 위력은 이 층의 몬스터의 표준적인 공격보다 훨씬 낮은 정도여서 대미지가 그리 크지는 않았다.

"오? 움직일 수 있어!"

크롬은 몸에 자유가 돌아왔다는 것을 깨닫고, 몸을 꺾고 굴러 간신히 비의 구역을 빠져나왔다.

크롬이 구역을 빠져나오자, 두 번째로 생겨나고 있던 포대가 철퍽 소리를 내며 소멸했다.

"저 포탄에 맞으면 원래 속도로 돌아가는 건가, 그리고 물방울에 맞을 때마다 포대가 생겨나는군."

"그렇게 움직이기 힘든가?"

"그래, 저건 무리야. 억지로 밀어붙일 수도 없어, 곧바로 다음 것에 맞아."

"일단 여기도 보류하지. 한번 마을에 돌아가 볼까? 벼락이든 이 비든 타개할 수 있을 만한 무언가가 있을지도 모르니."

카스미의 제안에 크롬도 찬성하여, 두 사람은 일단 탐색을 일단락하고 귀로에 오르기로 했다.

두 사람이 몬스터를 잡으면서 순조롭게 걸음을 옮기고 있는데, 갑자기 뒤에서 그늘이 드리워 어둑어둑해진 바람에 멈춰서서 하늘을 올려다보았다.

"그냥 구름……이 아니군."

"나도 그렇게 생각한다."

하늘을 뒤덮은 구름은 필드를 가로질러 지나간다.

그것은 이번 탐색에서 발견한 두 구역과 같은 분위기를 발하고 있었다.

특징적인 구름 오브젝트.

두 사람은 그것이 이 층에서 무언가의 표식이라는 데 생각이 이르렀다.

"저건 어떻게 갈지가 문제로군."

"시럽은 어떨까?"

"그건 막았을 것 같은데. 꼼수니까."

우선 지금은 결론을 낼 방도가 없었기 때문에, 두 사람은 생각을 접고 다시 마을로 걷기 시작했다.

크롬과 카스미가 길드 홈에 돌아오니 메이플밖에 없었다.

지금의 메이플은 탐색하러 갈 기력이 없는 상태였기 때문에, 두 사람이 누군가를 데리고 다시 탐색을 하러 갈 수가 없다는 말이 된다.

"사리는 어딘가에서 아직 탐색 중인 것 같은데요."

"다른 네 사람은 지금 없나. 알았어, 다음 기회에 해야겠군."

크롬은 메이플에게 이번에 발견한 이모저모를 자세하게 전했다.

"……다음에, 보러 가 볼게요."

입가에 손을 대고 무언가 생각하고 있는 메이플의 머릿속을 두 사람은 읽을 수 없다.

별것 아닌 일인지, 아니면 예상도 못 할 일인지.

크롬과 카스미는 이런저런 생각을 삼키고, 메이플에게 손을 흔든 뒤 길드 홈 안쪽으로 모습을 감추었다.

"사리는 뭘 하고 있을까."

의자 등받이에 체중을 싣고 천장을 바라보던 메이플에게 운영진의 메시지가 도착한다.

메이플이 메시지를 읽어 보니, 2월에 시작되는 다음 제6회 이벤트에 관한 간결한 소개문이 적혀 있었다.

"정글을 탐색하라, 인가. 우…… 걷기 힘들 것 같아."

메이플은 메시지를 닫고 의자에서 일어나 길드 홈의 자기 방으로 향했다.

"이벤트까지는 느긋하게 있을까."

그런 말을 중얼거리면서.

메이플은 잠시 가만히 쉬기로 했다.

◆ □ ◆ □ ◆ □ ◆ □ ◆

적란운에서 내려오고 나서도 탐색을 계속하던 사리는 크롬과 카스미보다 더 오래 필드를 뛰어다닌 후, 길가의 구름에 기대 잠시 쉬고 있었다.

"적란운이 너무 많아……."

탐색해 가는 사이에, 사리는 입구가 있는 적란운이 여기저기 있다는 것을 깨달았다.

뭔가 있을지도 모른다고 생각해 계속 공략한 결과, 사리의 인벤토리에는 똑같은 아이템이 합계 8개나 들어 있었다.

"당분간 비눗방울은 모자라지 않겠어."

이쪽은 꽝이었을지도 모른다고 생각한 사리는 탐색 구역을 대폭 변경하기 위해 걸어가려다 발을 멈추었다.

"아니, 오늘은 이만 마칠까? 음……."

적란운 공략은 말하자면 등산과 비슷하다.

첫 번째와는 달리 다른 적란운은 크기가 작았지만 그래도 편하다고는 할 수 없다.

제4회 길드 대항전 이벤트 때에 비하면 아직 여유가 있지만,

특별히 서둘러야 할 일이 없는 현재 상황이라면 오늘은 이만 마무리해도 될까 하고 생각한 것이다.

당장에라도 돌아가려고 하던 사리의 시선에 당당히 떠오른, 진정한 의미의 적란운이 들어왔다.

그것은 천천히 사리의 머리 위를 통과해 간다.

"우와…… 이게 뭐야."

엄청난 것을 보았다고 생각해 눈으로 구름을 좇던 사리는 하늘 저 멀리에서 반짝반짝 빛나는 무언가를 발견했다.

"혹시……. 그렇다면, 【초가속】!"

사리는 떠 있는 구름을 제치고 쭉쭉 앞으로 나아간다.

그리고 도착한 곳에서 사리는 자신의 생각이 옳았음을 확신했다.

반짝반짝 빛나는 무언가의 바로 아래까지 온 사리.

사리를 둘러싸듯이 반짝반짝 빛나는 비눗방울이 하늘로 떠오른다.

"뭔가……, 뭔가 있을 거야."

사리는 한번 탐색했던 적란운이 난립한 구역을 뛰어다녔다. 하지만 명확한 변화는 있어도 어딘가로 통하는 듯한 무언가는 보이지 않는다.

"아마 저 구름이 오면 타임 리미트일 거야! 뭔가, 뭔가가!"

아무것도 못 찾고 적란운에 따라잡힌 사리는 이제 포기할 수밖에 없다고 생각했다.

"할 수 없……, 엇, 우와앗!"

딱 눈을 내리깐 그때 사리는 발밑에서 솟구쳐 나온 무언가 커다란 흐름에 튕겨 올라갔다.

"오, 오오? 어?"

몸이 뱅뱅 회전하다 마침내 멈췄을 때 사리는 지금까지 중에 가장 예상치 못했던 사태에 게임 내에서는 드물게도 침착하지 못하게 주위를 둘러보았다.

그곳은 지금까지 온 적이 없는 구름 속이었다. 바람이 부는 소리가 들리고 발밑에서는 비눗방울이 떠오른다. 사리는 뺨을 팡 두드리고 심호흡을 한 번 하고 침착을 되찾았다.

"좋아, 우선 뭐가 보였더라……."

사리는 발밑에서 솟구쳐 나온 것을 생각해 내고, 그것이 비눗방울 덩어리였다는 것을 깨달았다.

그 흐름에 휩쓸려 하늘까지 날아온 것이다.

"집중하자……. 초조해하지 말고, 천천히……."

사리는 우선 눈에 보이는 길을 걷기 시작했다.

사리는 벽과 바닥을 조심하면서 좁은 통로를 나아가, 이윽고 T자 통로에 맞닥뜨렸다.

벽에 달라붙어 얼굴을 아주 조금 내밀고 좌우 상황을 살핀다.

"윽!"

좌측 통로 안쪽의 공중에 몇 개나 빛나는 작은 무언가를 발견한 사리는 생각하기도 전에 먼저 얼굴을 집어넣었다.

그 직후 T자 통로에 바람이 불었다.

돌풍과 굉음이 방해되기는 했지만, 희미하게 빛을 반사하는 하얀 구체가 함께 날고 있었던 것을 사리는 놓치지 않았다.

"……우박?"

예상이 맞았든 맞지 않았든, 일단 고체임은 틀림없다.

탄환처럼 날아오는 것에 맞으면 HP도 방어력도 낮은 사리의 경우는 즉사이리라.

"오케이, 그럼 오른쪽부터 갈까……."

사리는 조금 생각하고는 바람이 부는 방향에 맞춰 나아가기로 하고 통로로 뛰어들었다.

"【얼음 기둥】."

얼음 기둥은 그렇게 높지 않은 천장까지 여유롭게 닿아, 통로 중심에 장해물이 되어 가로막고 섰다.

조금 전과 마찬가지로 질풍이 불고, 기둥 그늘에 숨은 사리바로 옆을 우박이 스쳐 지나간다.

"끝났으려나."

조용해졌을 때 사리는 기둥에서 떨어져 통로를 서둘러 지나갔다.

제2파가 올지 안 올지 알 수 없기 때문에 뒤쪽의 소리에 집중하며 앞으로 나아간다.

"에고, 역시 꽝이었나."

통로가 새하얘서 멀리서는 꺾이는 모퉁이가 있는지 아닌지 알기 힘들기 때문에, 만약을 위해 가까이 와서 확인한 사리는 중얼거렸다.

하지만 똑같은 요령으로 반대쪽으로 갈 뿐이라 그렇게 부담이 되지는 않는다.

오히려 반대쪽에 무언가 있었을지도 모른다는 생각을 지울 수 있어서 잘됐다고 생각할 정도였다.

사리는 언제 바람이 불지 몰라 경계하면서 걸었지만 그 걱정은 헛수고로 끝났다.

아무래도 바람은 통로에 들어올 때만 발동하는 트랩인 듯했기 때문이다.

그대로 반대쪽 막다른 곳에 도착한 사리는 이번에는 거기서부터 조금 오르막길이 되어 이어지는 길을 나아간다.

그리고 다 올라간 곳에는 넓은 방이 있었는데, 특별히 이상한 것은 하나도 없었다.

방에서는 새롭게 세 개의 통로가 뻗어 있었다.

"여기는 패스하고……. 좋아, 오른쪽부터 갈까."

사리가 방의 중심 부근까지 들어왔을 때 천장과 바닥에서 파르스름한 구름형 몬스터가 뿅뿅 나타났다.

합계 열 마리의 구름은 각각 흰 안개 같은 것을 두르고 있다.

"【파이어 볼】!"

조금 전에 우박도 있었고 해서 흰 안개를 얼음 계통, 즉 냉기라고 생각한 사리는 재빨리 한 마리에게 화염구를 명중시켰다.

불꽃을 뒤집어쓴 구름 한 마리 위에 표시된 HP 게이지가 감소하지만, 아직 60퍼센트 정도 남아 있다.

"약점이어도 안 되나 보네."

사리는 이제 MP가 그리 많지 않은 플레이어이기 때문에 마법을 주체로 공격하기는 어렵다.

그사이 뒤에서 바람을 느낀 사리는 그 자리에서 후다닥 이탈했다.

"이 몬스터도 우박……."

통로에서도 받았던 우박 공격을 얇은 빔 공격 같은 거라고 인식한 사리는 열 마리의 구름과의 위치 관계를 의식하면서 공격을 시작했다.

"오보로, 【순영】!"

사리는 한순간 공격 대상에서 벗어나 넣어 두었던 대거를 뽑으면서 화염구로 HP를 깎았던 구름에 빨리 접근한다.

"【더블 슬래시】!"

【검무】의 효과로 올라간 공격력.

그로부터 펼쳐지는 연격은 구름을 깔끔하게 해치웠고, 구름은 공중에 녹아들 듯 사라졌다.

"응, 구름은 여유롭네!"

사리는 마치 조용히 춤추듯이, 혹은 정해진 움직임으로 무용을 하듯이 구름을 처리해 간다.

한계까지 낭비를 없애고 최단거리로 구름의 HP를 없앴다.

결국 우박을 다루는 구름도 사리를 상처 입히는 데는 이르지 못했다.

"후우, 오보로도 고마워. 그럼 예정대로 오른쪽부터……."

오보로를 쓰다듬고 나서 탐색을 재개한 사리는 몇 분 후에 깨달았다.

이 구름 속이 복잡한 개미굴처럼 되어 있다는 것을.

상하좌우로 몇 개나 갈라지는 루트 중 많은 곳에는 우박이나 얼음 기둥을 사용한 트랩이 설치되어 있어 사리의 진행을 방해한다.

큰 방에는 작은 구름뿐만 아니라 얼음 인형 같은 몬스터도 나타났다.

사리는 화염 공격이 특출하지 않고, 얼음으로 만들어진 몬스터는 방어력이 높아 귀찮은 상대였지만, 몬스터가 대미지를 줄 수 없다면 결국 사리에 의해 조금씩 몰려 쓰러질 뿐이다.

유리하다고 꼭 이기는 것은 아닌 셈이다.

그렇게 해서 우박의 탄막을 또 하나 넘었을 때, 사리는 주위의 안전을 확인하고 그 자리에 주저앉았다.

"이제 꽤 위로 올라왔을 것 같은데."

사리는 오보로를 쓰다듬으며 통로 앞쪽을 쳐다본다.

구름 속의 적은 사리가 보기에는 그리 강하지 않았지만, 이 구조와 수많은 트랩에는 지칠 만했다.

"종착지가 가까운가? ……가자, 오보로."

사리가 가는 길은 차츰 좁아지고 갈림길도 없어져 간다.

그리고 사리는 마침내 새하얀 통로 앞쪽에서 흰색이 아닌 색을 보았다.

막다른 벽에 그려진 푸른 마법진이 조용히 빛을 발하고 있다.

그 너머에 무언가가, 혹은 누군가가 있음은 틀림없다.

"응, 가자."

사리가 그 마법진에 오른손을 뻗는다.

그러자 파직 하는 소리가 나고 사리는 다른 장소로 전이했다.

사리는 다른 장소에 도착하자 곧바로 두 대거를 뽑아 경계하면서 주위를 빙 둘러봤다.

사리가 있는 곳은 흐린 하늘의 탁한 구름으로 만들어진 돔 속이다.

발밑과 천장 모두 재질은 아까 통로와 전혀 차이가 없다.

"……온다!"

사리는 무언가가 움직이는 소리를 놓치지 않고 소리가 나는 쪽을 쳐다보았다.

발밑의 구름 속에서 스르륵 나온 것은 얼음으로 된 팔이었다. 몬스터인지 위에는 HP 게이지가 떠 있다.

사리의 키의 세 배쯤 되는 팔은 팔꿈치까지만 있고 구름에서 돋아난 형태로 직립하고 있었지만, 사리를 인식했는지 민첩하게 다시 구름 속으로 가라앉더니 순식간에 사리의 눈앞까지 이동했다.

팔은 주먹을 쥐더니 망치를 내리치듯이 사리를 때리려 했다.

"하앗!"

사리는 내리치는 팔을 끝까지 지켜보면서 아주 조금씩 비껴가며 팔의 근원으로 향한다.

도중에 내리치는 팔을 스쳐 지나가면서 빠르게 여러 번 베었지만, 방어력이 높은지 생각보다 대미지가 작다.

그리고 여기서 사리는 예상외의 반격을 받았다.

주먹이 바닥을 내리친 직후, 그곳을 중심으로 이동에 제한을 주는 진동이 퍼진다.

당연히 사리도 범위 내에 있었기 때문에 그 영향을 받아 발을 멈출 수밖에 없었다.

그 와중에 팔 주위에도 원래 있었던 흰 냉기가 더욱 늘어나간다.

무언가 공격이 시작되리라는 것은 상상하기 어렵지 않았다.

"윽! 좋아, 【도약】!"

조금 먼저 사리가 움직일 수 있게 되고, 사리는 전력을 다해 팔과 거리를 벌렸다.

이를 뒤쫓듯 팔 주위 바닥에 얼음 가시가 퍼져 돔을 가득 메우지만, 사리에게는 간발의 차이로 닿지 않는다.

얼음 가시는 부슬부슬 부서져 바닥에 녹아들었다.

"도약과 초가속을 둘 다 쓸 수 없을 때는 저 공격에 반격하려고 나서면 안 되겠네."

사리는 하나하나 꼼꼼하게 확인하면서 전투하다가, 이번에는 다시 접근해 주먹을 내리치는 팔을 공격하지 않고 거리를 벌린다.

"【파이어 볼】!"

떨어지면서 뒤돌아보고 마법을 쏜다.

그것은 손목 부근에 맞아 소량이기는 해도 확실하게 HP를 깎았다.

"일단은 이걸로 상태를 보자."

사리는 장시간 전투를 꺼리지 않는다. 하물며 이번에는 일대일 상황, 사리가 특기로 하는 전장이다.

사리는 안전을 중시해 이 몬스터를 천천히 쓰러뜨리기로 한 것이다.

얼음에 불꽃은 잘 통했다.

가장 약한 클래스의 마법이라도 눈에 보일 정도로 대미지가 들어가니 상당히 잘 통하는 것이다.

그렇게 사리는 30분 걸려 HP 게이지를 60퍼센트까지 깎았지만.

"하아……."

사리는 얼음 팔을 보고 조금 귀찮다고 생각했다.

그 주위에 우박을 날리는 구름이 둘 생성되었기 때문이다.

우박 공격을 피하는 법도 상당히 능숙해져 고전하는 일은 없겠지만, 귀찮은가 아닌가 하는 이야기는 또 별개이다.

사리는 다시 집중력을 끌어올려 얼음 팔에 접근한다.

몬스터는 감정이 없다. 하지만 만약 있었다면 모든 공격을 피하는 사리가 공포의 대상이 되었으리라.

공격은 심해졌지만 그래도 사리에게 맞을 정도는 아니었다.

【얼음 기둥】도 구사해 숨을 장소를 만드는 사리가 공격을 맞기에는 아직 탄막도, 공격 속도도 부족하다.

그렇게 해서 얼음 팔의 HP 게이지가 40퍼센트 이하가 되었을 때 구름은 다시 네 마리가 늘어나 여섯 마리가 되었다.

"또야, 또……. 아이, 쿠!"

사리는 발밑에 갑자기 나타난 마법진을 눈치채고 그 자리에서 뛰어 물러났다.

그러자 그곳에서 끝이 날카로운 얼음이 튀어나왔다.

그리고 얼음은 아무것도 하지 않았는데도 곧바로 부서져 버렸다.

팔을 보니 천장을 향해 손바닥을 펴고 있고, 그곳에 푸른 마법진이 펼쳐져 있다.

사리의 뒤를 쫓듯이 발밑에서 마법진이 계속 전개되어 멈춰 있기가 어려워졌다. 얼음 기둥 뒤에 숨는 것만으로는 공격을 피할 수 없다.

"……."

사리는 이 탄막을 정면 돌파할 수 있을지 생각해보았다.

그렇게 생각한 이유는 이번 전투와는 직접적으로 관련이 없었지만, 그것이 사리가 결단을 내리는 이유가 되었다.

"대미지는…… 뭐, 받아도 상관없나. 해 봐야지."

사리는 【STR】을 상승시키는 도핑 시드를 한계까지 사용하고 얼음 팔을 향해 똑바로 달렸다.

날아오는 우박을 잘 피하고, 대거로 튕겨내며 접근한다.

거리는 금방 지척까지 줄어들었다.

"하앗!"

사리가 휘두른 대거가 얼음 팔에 꽂힌다.

대거라고는 생각할 수 없는 그 공격력이 HP 게이지를 날려 버린다.

팔 주위를 빙빙 돌면서 공격하자, 팔의 HP가 20퍼센트 남았을 때 팔을 중심으로 지면이 파랗게 빛났다.

그래도 사리는 공격을 멈추지 않는다. 하지만 팔의 힘이 다하기 전에 날카로운 얼음이 사리에게 꽂힌다.

그러나 【매미 허물】이 발동해 사리의 대미지는 없었던 것이 된다.

공격에만 집중했던 사리는 팔의 다음 공격을 받는 일 없이 HP 게이지를 다 깎았다.

그리고 사리에게 알림음이 들린 것을 마지막으로 전투가 종료되었다.

전투가 끝나고 사리는 기지개를 쭉 켰다.

"그럭저럭…… 할 수 있으려나."

사리는 혼자서 고개를 끄덕이더니 알림을 확인한다.

사리는 이번에 스킬 하나를 얻었다.

"【빙결영역】……."

【빙결영역】

물 속성 스킬을 사용한 후 10분 동안 사용 가능.
마법, 물체를 얼린다.
플레이어, 몬스터에게 직접 영향을 주는 일은 없다.
적과 아군에 관계없이 얼음 속성을 부여한다.

"뭐, 이 정도일까. 저걸 쓰러뜨리면 누구든지 손에 넣을 수 있을지도 모르고……. 오늘은 슬슬 끝낼까."

사리는 대거를 집어넣고, 얼음 팔을 쓰러뜨리자 출현한 마법진에 올라가 구름 속을 뒤로했다.

9장 방어 특화와 복귀.

사리가 스킬을 하나 입수하고 난 뒤로 시간이 흘러, 제6회 이벤트가 시작되는 2월이 되었다.

사리와 크롬, 카스미 등 게이머 멤버들이 가장 빨리 참가하는 것은 당연한 일이었다.

지금까지 쉬고 있던 메이플도 드디어 탐색에 대한 의욕을 되찾아 이벤트가 시작되고 바로 로그인했다.

메이플이 길드 홈에 들어가자 교대하듯이 크롬과 카스미가 뛰쳐나갔다.

메이플이 고개를 돌려 달려가는 두 사람을 바라보고 있자, 안쪽에서 다가온 사리가 어깨를 톡 하고 친다.

"메이플도 왔구나. 오늘부터 탐색하려고?"

"응, 오랜만에 열심히 해 볼래!"

"그럼 간단히 이번 이벤트를 설명할게. 이번에는 제2회 이벤트 같은 탐색형이고, 여러 가지를 발견해서 돌아오는 게 목적이야."

그렇게 사리가 이번 이벤트 개요를 설명한다.

이번 이벤트는 우선 제1단계로 필드에서 이벤트 영역으로 가는 데 필요한 녹색 결정 모양 아이템을 획득하고, 그 아이템을 사용해 별도 필드로 이동하는 것이라고 사리가 메이플에게 설명했다.

또한 이동한 필드의 어디에 도착할지는 랜덤이라고 한다. 그리고 대인전 요소도 시간 가속도 없다.

"그래서, 그 이동하는 곳이 정글이야. 운영 말로는 보상은 주로 귀중한 소재인 듯해…… . 그리고 스킬도 있다던가?"

"그렇구나, 과연."

"아— 또 그것도 있어. 정글에서는 HP 회복 아이템이랑 HP 회복 스킬은 사용할 수 없대. 메이플이라면…… 일단【명상】은 못 쓰겠네."

그리고 사망하거나 스테이터스 표시 밑에 추가된【필드에서 나가기】버튼을 누르면 마을 광장으로 돌아오는 것이다.

"【헌신의 자애】는 함부로 쓰지 않는 게 좋다는 말이야?"

사리는 고개를 끄덕인다.

스스로 나서서 HP를 대가로 지불하는 것은 리스크가 높은 행동이기 때문이다.

하지만 메이플은 일반 공격에 신경을 쓸 필요가 없다는 점에서 다른 플레이어보다 전투가 훨씬 유리하다.

"그럼 나는 아이템을 모으러 갈게—."

"다녀와."

사리는 크롬과 카스미와 똑같이 길드 홈을 뛰쳐나가 그대로 필드로 나갔다.

남은 메이플은 마이 페이스로 타박타박 걸어 필드로 향했다.

"자— 그럼, 다시 정보를 보고……."

사리가 대강 설명해 준 덕분에 이벤트의 대략적인 내용은 메이플의 머릿속에 들어 있다.

이번에는 잡으라고 지정한 몬스터가 없고, 모든 층의 모든 몬스터에서 정글로 가는 티켓을 입수할 수 있다.

메이플은 첫 5층 탐색을 겸해 몬스터 토벌에 나섰다.

폭신폭신한 지면을 밟으며 두리번두리번 주위를 둘러보면서 나아간다.

"사리는 구름 몬스터가 많다고 했는데."

메이플은 구름의 벽을 넘고 언덕을 내려가며 고저차가 있는 필드를 나아간다.

"후우, 몬스터가 없네. 한번 4층에 돌아갈까?"

메이플은 턱에 손을 짚고 생각하다가, 때마침 적란운이 보이자 한 가지 생각이 번쩍 떠올랐다.

사리에게 들은 탐색 이야기에 나왔던 적란운, 그 도중에는 몬스터도 나온다.

사리에게 받은 몇 개의 비눗방울 원액은 다 썼기 때문에, 이 기회에 하나 손에 넣어두는 것도 좋을지 모른다고 생각한 것이 또 다른 이유였다.

"좋아, 가자! 우왓, 앗!?"

메이플은 발이 미끄러져서 언덕에서 데굴데굴 굴러 떨어져 얼굴부터 철퍽 하고 지면에 엎어졌다.

"우우, 아프지는 않지만…… 조심해야지."

메이플은 일어서서 발밑을 조심하며 걷기 시작했다.

적란운 안으로 들어간 메이플은 번개구름과 조우했다.

"오랜만에 싸워야지—!"

메이플에게서 병기가 철컥철컥 뻗어 나와 전부 작은 구름에게 향한다.

하지만 메이플이 공격하기도 전에 방전하는 구름에서 작은 구름 몬스터가 분리되어 둥실둥실 날아온다.

"……귀여워라."

병기로 공격하지 않고 작은 구름을 꾹꾹 만지기 시작한 메이플을 전격이 덮치지만, 파직파직 소리를 낼 뿐 그 이상은 아무 일도 일어나지 않는다.

"지금은 아이템을 손에 넣어야 하거든. 미안해."

메이플은 본체에게 다가가 왼손의 방패로 구름을 간단히 없애 버렸다.

"드롭은…… 없네에."

결국 메이플은 이번 탐색에서 이벤트용 아이템을 입수하지 못했다.

성과는 비눗방울 원액을 하나 입수한 것뿐이다.

하지만 메이플은 오랜만의 탐색이 즐거워서 다른 성과가 없다는 것을 신경 쓰지 않았다.

그리고 이틀 뒤에야 메이플은 정글에 가는 데 필요한 아이템을 입수했다.

최단 속도는 아니었지만 아직 이벤트 기간에 여유가 있는 동안 첫 번째 아이템을 입수할 수 있었던 메이플은 장시간 로그인할 수 있는 시간도 확보해서 마침내 이벤트 영역으로 전이하기로 결정했다.

"좋아……, 간다―. 얍, 사용!"

메이플이 아이템을 사용하자 몸을 빛의 소용돌이가 감싼다.

빛은 그대로 하늘로 뻗었다가 스윽 사라졌다.

메이플을 감싼 빛이 사라졌을 때, 주위에 펼쳐진 풍경은 나뭇잎이 바람에 흔들리는 소리밖에 들리지 않는 고요한 정글이었다.

키 큰 나무가 몇 그루나 늘어섰고, 넝쿨이 늘어져 있다.

"일단······ 주위에는 아무것도 없는, 걸까?"

메이플에게는 플레이어의 기척도 몬스터의 기척도 느껴지지 않았다.

이벤트 영역의 어디로 나올지는 랜덤이다.

그래서 어딘가에 있을지도 모르는 사리와 크롬, 카스미와 함께 탐색하기는 어렵다.

"아이템이나 스킬 중에 뭔가 하나 정도는 찾고 싶네. 기왕 왔으니까!"

메이플은 마음을 단단히 먹고 정글 속을 걷기 시작했다.

무언가 특이한 것이 없는지 두리번두리번 주위를 둘러보던 메이플은 예쁜 빨간 꽃을 발견했다.

메이플의 팔 길이 정도 크기의 꽃잎이 다섯 개 붙어 있고, 달콤한 향기가 감돈다.

"뭔가 있으려나?"

메이플은 꽃을 조사하기 위해 다가갔다.

꽃은 그러길 기다렸다는 듯이 줄기를 뻗어 꽃잎으로 메이플의 상반신을 덮었다.

동시에 메이플의 방패와 단도가 꽃잎에 튕겨 강제로 바닥에 떨어진다.

밖에서 이 광경을 보고 있는 사람이 있었다면 잡아먹히는 걸로 보였으리라.

"우왓! 하지 마!"

메이플은 생각하기보다 먼저 반사적으로 팔다리를 바동바동 움직인다.

그러나 꽃은 메이플을 놓지 않는다.

하지만 메이플에게 대미지를 주지도 못하고 있었다.

"아, 맞다!"

놀라움에서 회복하여, 무기가 없어도 아직 공격할 방법이 있다는 것을 간신히 떠올린 메이플은 몸에서 몇 개나 되는 총을 전개한다.

우직하게 계속 메이플을 잡아먹으려 하던 꽃이 총에 위기를 느끼는 일은 끝까지 없었다.

"【공격 개시】!"

쏘아낸 탄환이 잇달아 꽃잎을 꿰뚫어 꽃을 너덜너덜하게 만들고 메이플은 무사히 자유를 되찾았다.

"후우……. 깜짝 놀랐어."

메이플이 발밑에 떨어진 방패와 단도를 주웠을 때 이변이 일어났다.

너덜너덜해진 꽃 몬스터가 사라지기 직전에 달콤한 향기를 터뜨린 것이다.

훅 퍼진 향기는 결코 단순히 마음을 편안하게 해주는 것이 아니었다.

"뭐, 뭐야!?"

수풀이 흔들리는 소리, 나뭇잎이 술렁거리는 소리, 뭔가 무

거운 것이 이동하는 듯 쿵쿵대는 소리 등이 조용했던 정글에
울려 퍼지기 시작한다.

　소리가 점점 커지더니 새와 원숭이, 움직이는 식물, 게다가
이끼 낀 바위로 구성된 거인까지 메이플을 둘러싸듯이 모습
을 드러냈다.

　"으엑……."

　대략 10미터 앞에 있는 그것들을 보고 메이플은 싫은 표정
을 지었다.

　꽃의 향기가 불러들였으리라는 것은 메이플도 쉽게 짐작할
수 있었다.

　그 빨간 꽃이 죽을 때 몬스터를 불러들인다는 정보는 먼저
진행한 플레이어들의 존엄한 희생으로 이미 알려졌지만, 기
본적으로 정보 수집을 사리에게 의지하는 메이플은 알 방도
가 없었다.

　하지만 선행 플레이어와 다른 점은 쉽게 희생당하는 일이 없
다는 점이다.

　"정글 속에선 날기 힘들고……. 우ㅡ, 싸울 수밖에 없나!"

　메이플은 그다지 하고 싶지 않았던 각오를 하고 병기를 가득
전개해 전투태세를 취했다.

　"【공격 개시】!"

　특정 몬스터를 노리지 않고 쏘아낸 레이저와 탄환, 포탄은
그 압도적인 물량으로 몬스터들에게 대미지를 가한다.

나무가 벽을 만든 탓에 메이플의 사격은 원래의 강함을 발휘하지 못하고 있지만, 체력이 낮은 몬스터는 쓰러져 간다.

그러나 재빠른 몬스터는 나무 그늘을 교묘하게 이동해 메이플에게 도달했다.

"【포식자】!"

지면에서 스르륵 솟아난 두 마리의 괴물은 메이플에게 접근하는 자를 용서치 않는다.

너무나도 견고한 메이플을 공격해도 의미가 없다는 것을 깨닫지 못하는 몬스터는 힘차게 공격을 계속하고, 그리고 물어뜯겼다.

"대미지도…… 안 들어오네! 괜찮아!"

메이플은 뭔가 특별한 행동을 할까 싶어 경계하면서, 바위 거인을 향해 공격하며 거리를 벌린다.

뒤에서 접근하는 몬스터는 든든한 괴물 두 마리가 쓰러뜨려 주기 때문에 걱정할 필요는 없었다.

뒤에서 몬스터가 사라져 가는 소리가 계속해서 들려오는 것이 그 증거다.

"좋아, 이대로……!"

메이플은 상공의 새 몬스터가 가한 원거리 공격을 몸으로 유유히 튕겨내면서 지상의 몬스터를 쓰러뜨려 간다.

순조롭게 진행되는 전투에 메이플은 순간 긴장을 늦췄다.

"괜찮을 것 같……, 응!?"

메이플의 시선 끝에 바위 거인의 다리 그림자에서 삐죽 얼굴을 내민 빨간 꽃이 들어왔다.

메이플은 황급히 공격을 멈추었지만 이미 때는 늦어, 레이저 한 줄기가 꽃의 중심을 꿰뚫었다.

"아―앗!!"

달콤한 향기가 퍼지고, 소란스러워진 정글이 한층 그 소란스러움을 더해간다.

"왜 그런 곳에 있는 거야! 진짜―!"

메이플은 두 팔을 세로로 붕붕 휘두르며 소리쳤다.

원래는 조용했던 정글 여기저기서 전투음이 울려 퍼지고 있었다.

정글에 있는 플레이어도 차츰 늘어나고, 페인도 그중 한 사람이었다.

"핫!"

페인은 방패로 공격을 흘리고 검으로 몬스터를 벤다.

주위를 둘러싸고 있던 몬스터를 전부 쓰러뜨리는 데는 그리 오랜 시간이 걸리지 않았다.

"좋아. 자, 뭐가 있을까."

페인은 드롭 아이템을 확인해 보았지만 이거다 할 만큼 좋은 물건은 없었다.

페인은 이미 이끼 낀 바위가 있는 유적을 몇 개 발견했지만, 거기서도 특별히 무언가를 손에 넣지는 못했다.

"신중하게 가야겠군."

페인의 HP는 이미 30퍼센트가량 깎였다.

직격을 맞지는 않았지만, 숫자의 폭력에 의해 조금씩 HP가 깎이고 말았던 것이다.

여기서는 회복할 수 없기 때문에 대미지는 되도록 피해야 한다.

페인은 무언가 새로운 것을 찾아 다시 걷기 시작했다.

페인이 걷는 동안 귀에 희미한 전투음이 들어왔다. 페인은 나름대로 정글에 오래 있었지만 이 정도로 가까이서 전투음을 들은 것은 몇 번밖에 안 된다.

성가신 몬스터나 이미 탐색된 장소 등, 수집한 정보를 완전히 써 버린 후에도 페인은 아직 좋은 스킬을 발견하지 못했다.

"뭐가 있는지만 확인해 둘까."

페인은 전투음이 크게 들리는 곳까지 왔지만, 그곳에는 더욱 큰 수풀이 울창하게 우거져 저편의 상태를 확인할 수 없었다.

그러나 페인은 안쪽에 무언가 보통이 아닌 것이 있다는 확실한 예감이 들었다.

페인이 지금까지 본 적이 없는 수풀을 수상하게 생각한 것은 신기한 일이 아니다. 그냥 지나쳤다가는 스킬이나 아이템을 놓칠 가능성이 있다고 생각한 페인은 검을 뽑아 경계하면서 수풀 쪽으로 다가간다.

"……한번 확인해 볼까."

페인이 수풀을 헤치며 안으로 들어가려 했을 때 때마침 전투음이 그쳤다.

그와 교대하듯이 수풀을 흔드는 버석버석 소리가 자신이 있는 방향으로 오고 있다는 것을 페인은 깨달았다.

페인은 방패를 들고 전투태세를 취하고 수풀에서 떨어져 다가오는 무언가를 영격할 준비를 했다. 소리가 커지고, 무언가의 끝부분이 수풀에서 튀어나왔다.

"나왔구나!"

그리고 페인의 눈앞에 얼굴을 내민 것은, 기억에 있는, 아니, 잊을 수 없는 괴물의 얼굴이었다.

"아아— 피곤해……. 어라, 페인 씨……였던가요?"

수풀에서 튀어나온 눈동자 없는 괴물의 머리.

거기서 나온 목소리를 페인은 들은 적이 있었다.

그것은 의심할 여지 없는 메이플의 목소리였다.

이렇게 만난 두 사람은 그대로 조금 걸어가 약간 너른 장소에서 땅에 앉았다.

메이플은 아직 괴물 모습이다.

회복에 제한이 있는 이상 귀중한 【포학】을 해제할 수 없는 것이다.

페인은 나무 밑동에 주저앉고, 메이플은 그 나무를 중심으로 긴 몸을 뉘었다.

"이봐, 그대로 있는 건가."

"……? 네, 뭐."

"그러냐……."

페인은 어쩐지 가슴 안쪽이 울렁거렸지만, 아마도 무언가 사용 제한이 있는 거겠지 싶어 간섭하지는 않았다. 페인도 그 것이 메이플의 비장의 수단임을 알기에 더욱 그렇다.

두 사람이 지금 함께 있는 이유는 간단하다. 함께 탐색하기로 한 것이다.

이 넓은 필드, 누군가와 일부러 마주치기 쉽지 않은 장소에서 우연히 만난 강자 두 명, 이렇게 되면 메이플이야 어쨌건 페인이 이 기회를 놓칠 리가 없었다. 더구나 메이플에게 뭔가 변화가 있었는지 알아낼 기회이기도 하다.

페인이 메이플에게 제안했고, 메이플은 거절하지 않았다.

메이플은 페인의 제안을 딱히 깊이 생각하지 않았다. 강한 사람과 함께 다닐 수 있어서 잘됐다는 정도였고, 페인은 그저 든든한 사람일 뿐이었다.

그리하여 여기에 전대미문의 최강 태그가 탄생했다.

"운이 좋았다. 이거라면 탐색도 순조롭겠지."

"네! 방어는 맡겨 주세요!"

메이플과 페인은 깊은 정글 탐색을 계속하고 있었다.

"메이플……."

"무슨 말 했어요?"

"아니……, 아무것도 아니다……. 그 몸으로 능숙하게 움직이는구나 해서."

"잘 모르겠지만, 어쩐지 움직일 수 있더라고요!"

'그런가.' 하고만 말하고 페인은 하늘을 올려다보았다.

짙은 녹색 잎이 하늘을 가리고 있지만, 그 잎은 페인이 움직이지 않아도 스쳐 지나간다.

다시 말해 페인이 괴물 상태인 메이플 위에 타고 이동하고 있다는 뜻이다.

메이플은 움직이기 힘든 듯이 나무들 틈새를 누비며 나아가고 있다.

"메이플, 왼쪽이다. 오른쪽은 아무것도 없었다."

"알겠어요."

다른 플레이어가 보면 무심결에 전투태세를 취하고 말 듯한 움직임으로 메이플이 걷는다.

경우에 따라서는 나무줄기를 붙잡고 꼬리를 휘감으면서 나무들을 건너가는 일도 있었다.

페인은 메이플에게 달라붙는 것쯤은 어렵지 않게 할 수 있기 때문에, 메이플이 다소 이상한 움직임을 해도 문제는 없었다.

두 사람의 탐색은 특별한 문제없이 진행되고 있었다.

"아, 몬스터예요! 잡을게요!"

메이플 말대로 전방에서 몬스터가 나타났다.

"트렌트다, 조심해라. 저 몬스터는……."

페인은 그 몬스터를 본 적이 있었다.

그것은 페인이 아주 조금이나마 대미지를 받은 몬스터다.

"메이플, 발밑에서 꿰뚫는 가지로 공격할 거다."

"네? 뭐라고요?"

페인이 말을 마치기도 전에 메이플 앞쪽이 불바다가 되었다.

다행히 불이 번지는 일은 없었지만, 나무 형태를 한 몬스터가 견딜 수 있을 만큼 손쉬운 것은 결코 아니다.

트렌트는 숯덩어리가 되고 지면에는 아이템이 드롭되었다.

"아니…… 그래. 아이템을 주우면 된다."

"아, 그렇죠!"

메이플의 괴물 손이 아이템을 붙잡자 인벤토리에 들어갔다.

페인은 경계하지도 않고 몬스터를 유린한 메이플을 보고, 다른 수많은 플레이어와의 차이를 새삼 실감했다.

도중에 몇 번인가 몬스터의 습격을 받기는 했지만, 그것들은 모두 메이플에게 치어 죽거나, 튕겨서 날아갔다.

"……또 뭔가 쳤는데?"

"자꾸 달려드는데요."

"아니, 달려드는 건…… 뭐 됐다. 자, 나무를 조심해라. 오히려 몬스터보다 튼튼하다."

페인은 지금도 수풀에서 우연히 나왔다가 짓밟힌 몬스터를 보고 평소 탐색할 때와는 전혀 다른 기분을 느끼고 있었다. 그렇긴 하지만 이만큼 전투와 이동을 맡길 수 있다면, 페인은 다른 부분에 힘을 할애할 수 있다.

"메이플, 멈춰라. 무슨 소리가 들린다."

페인은 주위를 경계할 여유가 있었기 때문에 쉽게 눈치챌 수 있었다.

페인의 귀에 희미하게 들려오는 것은 날갯짓 소리 같다.

"가 볼까요?"

"그래."

메이플은 은밀히 이동할 수 있는 수단이 없어서 마음으로만 살금살금 날갯소리가 커지는 쪽을 향해 간다. 그리고 두 사람의 눈에 들어온 것은 정글의 나무 최상부에 생긴 커다란 벌집.

그리고 그 주위를 둘러싸고 있는 검은 띠 같은 것이었다.

날갯소리는 그 띠에서 들려오고 있어, 두 사람은 공중에서 넘실거리는 그것이 무엇으로 이루어져 있는지 알아차릴 수 있었다.

"과연. 그럼 어떡할까."

"제가 도발해서 붙잡고 있을까요?"

"그렇게 간단히……. 아니, 그런가……."

페인은 잠시 생각하다가, 생각하기를 그만뒀다.

메이플은 이번에 HP 제한이 있고, 상대가 플레이어 스킬이 뛰어나 별로 지킬 필요가 없는 페인이기 때문에 【헌신의 자애】는 사용하지 않기로 했다.

"그럼, 다녀올게요!"

메이플이 벌집 바로 아래의 넓은 장소에 뛰어들자, 벌집 가까이에 4미터는 됨직한 커다란 벌이 모습을 나타냈다.

그 머리에는 아름다운 왕관을 쓰고 있다.

그야말로 여왕벌이라는 분위기였다.

"옛날에 싸웠던 벌보다 강할까?"

메이플이 그런 소리를 하자 여왕벌이 뭔가 소리를 냈다.

그러자 검은 띠, 즉 벌 무리가 일제히 하나의 화살이 되어 메이플에게 돌격을 개시했다.

고속으로 날아오는 벌들은 메이플에게 돌격해, 예외 없이 전부 튕겨 나갔다.

"【도발】! 덤벼—!"

여왕벌은 잇달아 지령을 내려 한 점에 돌격시키기도 하고, 에워싸게 하기도 하고, 옆에서 범위 공격을 시키기도 했지만 메이플에게 부딪힌 벌은 튕겨나가 비틀비틀대며 다음 지령을 기다릴 뿐이었다.

"……【홀리 레인】."

페인이 검을 뽑아 나무 그늘에서 속삭이자 검이 하얀 광채를 두른다.

페인은 그 검을 휘둘러 두르고 있던 빛을 내던지듯 날렸다.

그것은 10미터 정도, 즉 메이플이 있는 광장 상공에서 멈추더니 빛의 비를 내렸다.

빛이 메이플에게 열중해 있던 벌을 꿰뚫어 날려 버린다.

페인은 메이플이 벌의 공격을 피하면서 놀고 있는 곳에, 자신이 가지고 있는 범위 공격을 차례로 떨어뜨리기만 하는 기계로 화했다.

"내가 지금 뭘 하는 거지……."

"팍팍 쓰러뜨려 주세요!"

"……그래! 맡겨 둬라!"

메이플이 괴물의 몸으로 벌침을 튕겨내는 것을 흘깃 보면서 페인은 그렇게 대답한다.

여러 일에 눈을 감으면 효율적으로 몬스터를 사냥할 수 있으니 장점밖에 없다.

다만 일상에서 볼 수 없는 광경이 항상 있다는 것은 달라지지 않았다.

그렇게 해서 20분 정도 지났을 무렵, 페인은 거의 모든 벌을 떨어뜨리고 메이플이 있는 광장으로 나갔다.

"상처가 없나. 당연한가."

"페인 씨, 여왕벌이 내려왔어요!"

페인이 위를 올려다본다.

메이플 말대로, 바야흐로 여왕벌이 조금씩 내려오고 있는 참이었다.

"일격에 베어 주마."

페인은 잡념을 떨치고 메이플에게서 약간 시선을 피하고 검을 겨누었다.

"좋아, 간다―."

메이플은 손발을 움직여 머리를 위로 향했다.

스스로 사지로 내려온 여왕벌은 몹시 용감, 혹은 무모함에 틀림없었다.

여왕벌이 벌집과 메이플 사이까지 내려왔을 때, 갑자기 여왕벌 바로 위에 있던 벌집이 잇달아 부서져 낙하했다.

여왕벌이 그것을 가볍게 피하자 벌집의 잔해는 메이플과 페인이 있는 곳까지 똑바로 떨어진다.

"【커버 무브】, 【커버】!"

메이플은 그나마 몸에 익은 움직임으로 페인을 감싼다.

떨어져 내린 벌집은 철퍽 찌부러지더니, 안에 들어 있던 벌꿀을 주위에 흩뿌렸다.

"으응……? 아, 안 움직여."

끈적끈적한 벌꿀은 메이플의 움직임을 완전히 멈추게 했다. 사실 메이플에게 어느 정도 【STR】이 있으면 탈출할 수도 있었겠지만, 아무리 【포학】 상태라도 원래가 0이어서는 수치가 모자랐던 것이다.

여왕벌은 메이플에게 달라붙더니, 물어뜯거나 침으로 공격하며 애쓰기 시작했다.

HP도 아직 가득해서 행동 패턴도 별로 복잡하지 않고, 다른 공격은 바람 속성 마법을 사용하는 정도에 그쳤다.

그러나 당연히 그 공격들은 메이플에게 대미지를 주지 못해서, 열심히 해도 무의미한 노력에 지나지 않았다.

"내가 할까."

페인은 메이플의 거체 밑에서 나오더니 벌꿀 위를 아무 문제 없이 걸어간다.

그리고 조금 거리를 두고 검을 뽑았다.

"【도약】!"

페인은 메이플의 등에 뛰어오르더니 그대로 여왕벌의 바로 뒤까지 접근했다.

역시 거기까지 접근하자 여왕벌도 표적을 페인으로 바꾸고 독침을 내밀었다.

그러나 페인은 너무도 쉽게 독침을 방패로 튕겨내고, 자세가 흐트러진 여왕벌을 베었다.

"【단죄의 성검】."

찬란히 빛나는 검이 옆으로 휘둘러지고, 벌의 몸통을 갈라버리며 빠져나간다.

페인의 공격은 예전 이벤트에서 메이플에게 날렸던 공격에 뒤지지 않을 정도의 위력을 가졌다.

벌이 그 공격을 받아내는 기적은 일어나지 않고, 그대로 몸통이 둘로 쪼개져 단 일격에 빛의 입자가 되어 사라져 버렸다.

그와 동시에 메이플을 붙잡고 있던 벌꿀도 마찬가지로 빛이 되어 사라졌다.

여왕벌이 사라진 후, 땅에는 벌꿀이 든 병 몇 개와 왕관이 두 개 남아 있었다.

페인은 두 개의 왕관, 그리고 병의 효과를 확인했다.

【벌꿀 병】

식재료. 정글 지역 한정 아이템.
2분 동안 최대 HP를 50 상승시킨다. 이 효과는 중첩되지 않는다.

【여왕벌의 왕관】

장비한 플레이어의 최대 MP와 MP 회복 속도가 각각 10% 증가한다.

두 사람은 드롭 아이템을 딱 나누고 이동을 시작했다.

메이플의 MP가 10% 늘어난다 해도 【히드라】 같은 강력한 공격마법은 여전히 쓸 수 없다. 그래서 왕관이 지금 당장 도움이 되지는 않는다는 걸 알지만, 아름다운 외양만으로도 충분히 기뻤다.

"저쪽으로 가 보지 않을래요?"

그렇게 말하고 메이플은 팔다리 중 하나를 움직여 가고 싶은 방향을 가리킨다.

"아아, 그렇군. 이 정글은 넓으니…… 뭔가는 찾을 수 있을 거라 생각한다."

"그럼, 갈게요."

메이플은 페인을 태우고 나무 틈새를 굼실굼실 이동했다.

10장 방어 특화와 거미줄.

메이플이 있고, 페인이 있다.

물론 두 사람만 있는 것은 아니다.

구체적으로 말하자면 사리 또한 정글에 있었다. 메이플과는 멀리 떨어진 장소였지만 사리가 알 방법은 없다.

애초에 합류하려 해도 표식 하나 없는 이 필드에서는 어렵기 때문에 지금은 신경 쓸 일이 아니라고 할 수 있다.

사리는 정글을 가뿐히 뛰어다니고 있었다.

"뭔가 없으려나."

사리가 쓰러진 나무를 뛰어넘어 휙휙 이동하다가, 시야를 무언가 익숙하지 않은 것이 스친 것 같아서 중간에 멈췄다.

"응—? 저건⋯⋯."

사리는 눈을 가늘게 뜨고 먼 곳을 쳐다본다.

선명한 녹색 너머에 무언가 허연 것이 살짝 보이지만, 아무래도 거리가 너무 멀어서 사리는 그게 무엇인지 잘 알 수 없었다.

"좋아, 갈까."

사리는 대거를 뽑아 수풀을 버석버석 흔들며 길 없는 길을 나아간다.

그리고 다가가자 보였던 것이 뭐였는지 분명해지기 시작했다.

"으엑…… 거미집이네. 실을 사용하는 타입인 거미랑 싸우는 건 쥐약인데."

사리는 얼굴을 찌푸렸지만, 그래도 걸음은 멈추지 않는다. 그 정도로 사리는 스킬이 절실했다.

"위험할 것 같으면 도망치고……. 자, 어떤 느낌이지?"

사리는 거미집 바로 옆까지 다가가 주변을 관찰한다.

몇 그루의 나무들을 연결하듯 거미줄이 뻗었고 땅에도 하얀 실이 이어져 있지만, 거미의 모습은 어디에도 보이지 않는다.

그리고 흰 고치가 땅에 굳어 있는 것을 사리는 포착했다.

"함정 같아……. 하지만 서두르면 확인할 수 있으려나?"

사리는 행동을 정하고, '좋아.' 하고 한 번 중얼거렸다.

"【초가속】!"

사리는 나무 그늘에서 튀어나와 땅에 놓인 고치를 만졌다.

"아이템, 스킬……이 아냐! 큭……."

예상대로 그것은 함정이었고, 사리도 그럴 가능성을 고려하고는 있었다.

사리의 예상 범위 밖이었던 것은, 땅에서 퍼져 나온 실이 【초가속】상태에서도 미처 회피할 수 없을 만큼 광범위를 커버하고 있었던 점이다.

그 결과, 사리는 오른발이 걸린 상태로 거꾸로 매달리게 되었다.

"전에도 어디선가 당했던가……! 이래서 싫었다니까……제길."

거꾸로 매달린 사리의 시야에 커다란 거미가 들어왔다.

"아─! 위험해, 위험해!"

사리는 배에 힘을 주어 몸을 흔들어 본다.

오른발에 얽힌 거미줄은 풀어질 것 같지가 않지만, 아직 완전히 자유를 잃은 것도 아니었다.

"생각보다 괜찮은가……?"

그렇다면 허무하게 죽지 않도록, 언제나처럼 할 수 있는 일을 할 뿐이다.

하지만 길게 생각할 시간은 없다.

거미줄이 감겨 있는 나무줄기를 타고 올라오는 거미가 바로 코앞까지 다가와 있는 것이다.

과거에 다른 게임에서 비슷한 일이 있었을 때 사리는 그대로 죽어서 귀환했다.

"그렇게 해서, 이렇게 하면……. 생각할 시간이 없지!【얼음기둥】!"

거미집을 타고 바로 근처까지 왔던 거미의 몸을 잇달아 솟아나는 얼음 기둥이 들이받는다.

"대미지는 기대할 수 없지만…… 왔다."

사리의 시야에 들어온 것은 루트를 변경해 얼음 기둥에 딱 달라붙어 움직이는 거미다.

사리보다 큰 거미는 거기서 직접 사리를 노리려 하지는 않는 듯, 좋은 과녁이 되어 있었다.

"【파이어 볼】, 【윈드 커터】!"

사리가 쏜 마법은 빈약하기는 하지만 대미지는 확실히 축적되어 간다.

"【신기루】."

사리가 다른 방향에 자신의 모습을 만들어내자 거미가 멋지게 낚였다.

사리는 멀어지는 거미를 확인하고 거미줄이 끊기지 않는지 시험하기 위해 실에 마법을 쏘아 본다.

하지만 아무 변화가 없었다.

사리는 환영을 쫓아 땅에 내려간 거미 위에 떠 있는 HP 게이지를 본다.

남은 HP는 85퍼센트 정도다.

"……가까이 온 순간에 일격에 잡을 수밖에 없어."

지금까지의 대미지를 보건대 MP가 모자라서 원거리 공격만 가지고는 죽일 수 없다고 생각한 사리는 거미가 손이 닿는 범위까지 왔을 때 반격의 틈을 주지 않고 쓰러뜨리기로 했다.

"도핑 시드를 쓸까. 대미지 무효화도 한 번 할 수 있고, 포기하지 않아도 되려나."

사리의 환영도 쓰러지고 말아, 거미가 조금 전과 똑같이 나무줄기를 따라 돌아온다.

사리는 서둘러 【도핑 시드】를 꺼내 입에 넣었다.

【STR】을 올리고 【VIT】를 내려서 화력을 끌어올린 사리는 대거를 꽉 쥐고 몸을 일으키는 연습을 몇 번 하고는 가만히 거미를 기다렸다.

거미는 사리의 바로 위까지 와서 사리에게 이어지는 실을 타고 쑥쑥 내려온다.

"【더블 슬래시】!"

사리는 반동을 주어 몸을 억지로 일으키고, 막 오른쪽 무릎 부근을 공격하려 하던 거미의 얼굴과 다리를 대거로 베었다.

하지만 너무나 불안정한 자세로 공격한 탓에 몇 발인가는 빗나가, 숨통을 끊지 못하고 HP가 20퍼센트 정도 남았다.

당연히 반격이 날아온다.

거미의 몸이 한순간 하얗게 빛나더니, 넘치듯이 거미줄이 확 나타난다.

거미줄은 거미 주위에서 한순간 둥실 떠오르더니 사리를 향해 날아들었다.

"큭……."

지금의 사리는 전부 완벽하게 피할 수 없지만, 좌반신으로 가드하고 오른손으로 대거를 투척해 오른손의 자유만은 확보했다.

"【충격권】!"

과거에 메이플을 거대 오징어에게 쏘아 보냈을 때 썼던 공기의 총알을 쏘는 스킬.

공격이 거미의 얼굴에 맞아 여러 개의 작은 눈 주위에 붉은 대미지 이펙트가 터진다.

대신에 거미가 보라색 거미줄을 날리고, 사리는 깨달았다.

모든 스킬이 봉인되었다는 것을.

그것이 장비에도 영향을 줬는지 오보로도 불러낼 수 없다.

이것으로 거미가 쓰러졌다면 상관없었겠지만 그렇게 되지는 않았다.

"안 쓰러져? 진짜?"

거미의 HP 게이지는 아주 조금 남아, 【더블 슬래시】가 한 방만 더 맞았더라면 죽었을 것이다.

거미는 사리를 거미줄로 감으며 목덜미까지 다가와 마침내 공격을 가하려 한다.

"뭔가……."

타개책을 생각하는 사리의 목을 거미의 입가에 있는 이빨과 비슷한 날카로운 부위가 단숨에 벤다.

【매미 허물】이 발동해 대미지는 없었지만 다음 공격을 버틸 재간이 없다.

"······!"

사리가 단숨에 몸을 틀자 거미줄이 흔들린다.

거미가 다시 이빨을 가져다댄다.

잠시 후, 붉은 대미지 이펙트가 흩날리고 HP가 0이 되었다.

"후후······. 유감이야······."

사리는 그 말을 흘리고.

입을 열고 싱긋 웃었다.

혀로 작은 눈알을 데굴데굴 굴리면서.

거미의 모습이 빛의 입자가 되어 사라진다.

그때 사리는 눈가에서 대미지 이펙트를 흘리는 거미와 눈이 마주친 듯한 기분이 들었다.

"원망하려면······ 메이플을 원망해."

거미의 몸이 빠직 소리를 내며 무너진다.

"하하, 맛없어."

사리의 머릿속에 무기질적인 목소리가 울린다.

그것은 틀림없는 스킬 취득 효과음이었다.

전투가 끝나자 사리를 옭아매고 있던 실이 차츰 사라진다.

상반신이 자유로워진 사리는 거미줄이 다 풀리기 전에 몸을
쭉 일으켰다.

그 직후 몸을 구속하던 거미줄이 사라지고 사리가 땅으로 떨
어진다.

"영……차!"

사리는 요령 있게 공중에서 자세를 바로잡고 능숙하게 땅 위
에 내려서는 데 성공했다.

"스킬을 입수했을 텐데……. 있다."

사리는 스테이터스를 확인한다.

거기에는 【실 조종Ⅰ】 스킬이 추가되어 있었다.
         웹 슈 터

사리는 설명문을 읽어 봤다.

【실 조종Ⅰ】
  웹 슈 터

거미줄을 쓴다.
스킬 레벨 5로 신축 가능.
사거리 5미터. 양 손발에서 사출 가능.
재사용 시 【실 조종】 상태 해제.

"이터가 아니었네. 아, 하지만 조건은 같은가."

사리는 스킬 효과 확인을 마치고 이번에는 스킬을 시험해 보
기로 했다.

"이건 어떤 느낌일까. 【웹 슈터】."

사리가 그렇게 말하자, 불러내 놓았던 사리의 스테이터스에 변화가 일어난다.

【웹 슈터】이라는 글자가 이름 옆에 추가되었다.

사리는 더욱 확실하게 스킬 설명을 읽고 오른손을 내민다.

"【오른손 : 실】."

오른 손바닥에서 조금 전까지 사리를 옭아매고 있었던 것 같은 거미줄이 나와서 조금 앞에 있는 나무에 부딪치더니 찰싹 달라붙었다.

사리가 힘을 주어 꾹 당겨 보았지만 나무에서 실이 떨어질 기색은 없었다.

사리는 잠시 무언가를 생각한다.

"······메이플, 이번에만 흉내 좀 낼게."

사리는 그렇게 중얼거리고, 뻗어 있던 실을 없애고는 스킬 레벨을 올리기 위해 정글의 더 깊숙한 곳으로 들어간다.

사리는 메이플이 했던 것과는 다른 방법으로 메이플이 있는 위치까지 가고 싶었던 것이다.

그것은 사리의 고집 같은 거였다.

사리는 실을 날렸다가 없앴다가를 되풀이하면서 정글을 걸어가다가, 잠시 후 멈춰 섰다.

"우선은 레벨5까지 올려서 신축성 실을 사용할 수 있어야 알 수 있겠어."

사리는 이 장소에서 스킬 레벨을 올리는 것은 위험하다고 생각해, 한번 이 정글에서 나가기로 했다.

사리의 관심은 정글보다 스킬로 옮겨가 있었던 것이다.

"응, 아직 죽을 수도 없고. 돌아가자."

그리고 사리의 모습은 빛으로 변해 정글에서 사라졌다.

이렇게 해서 스킬 하나를 구한 사리는 5층 마을의 길드 홈으로 돌아왔다.

사리가 길드 홈 안에 들어가자 카나데와 크롬이 있었다.

두 사람은 사리와 이야기를 나누었다. 두 사람도 그 정글에 도전할 생각인 듯하다.

"나도 오늘 가려는데……. 아직 이즈에게 필요할 것 같은 소재밖에 입수하지 못했거든."

"나도 좀 갖고 싶은 게 있어서. 잘 도착할 수 있을지는 모르겠지만 이번에는 꼭 가 봐야지!"

각자 목적이 있는 모양이었고, 그 목적이 잘 달성되면 길드로서 또 한 걸음 전진할 수 있다는 것은 틀림없었다.

"다녀와. 잘 진행되길 빌게."

"그래, 뭐라도 가지고 돌아오지."

"다녀올게—."

두 사람은 각각 손을 흔들고 준비를 할 겸 마을로 나갔다.

같은 때, 【염제의 나라】에서도 두 사람이 정글로 향했다.

두 사람은 크롬과 카나데보다 조금 먼저 정글로 가 탐색을 개시했다.

그리고 탐색하던 각자의 앞에 두 사람이 뿅 하고 전이되어 온 것은 운명이었을지도 모른다.

어쨌거나 카나데는 마르크스와, 크롬은 미저리와 만났다.

마법사처럼 MP를 사용하는 플레이어가 이번에 목표로 하는 MP 증가 스킬.

MP 증가 스킬을 입수한다는 목적이 일치하여 카나데와 마르크스는 함께 움직이기 시작했다.

크롬 또한 미저리와 함께 그 장소를 찾기 시작했다.

그리고 메이플이 페인을 태우고 정글을 내달려 다가오고 있었다.

"음, 이 방향에 MP 증가 스킬이 있을 거다."

"오케이예요!"

페인도 어느 정도 메이플의 등에 익숙해진 모양이었다.

세 그룹이 MP 증가 스킬이 있는 곳으로 모여든다.

그중 크롬과 미저리는 몬스터 무리와 맞닥뜨렸다.

"먹어라!"

크롬의 도끼가 이끼 낀 골렘을 파고든다.

메이플과는 조금 다르게 공격력을 가진 크롬은 나름대로 적에게 대미지를 가할 수가 있다.

그러나 적은 골렘만이 아니다.

늑대나 원숭이 같은 동물형 몬스터가 전투 중인 크롬의 빈틈을 찔러 공격하려 한다.

"그렇게는 안 됩니다!"

미저리가 발한 빛의 탄환이 접근하던 몬스터 중 몇 마리를 날려 버린다.

그 덕분에 크롬은 제때 방패로 방어할 수 있었다.

회복할 수 없는 이 영역의 특성 탓에 두 사람의 성능은 몇 단계나 떨어져 있다.

원래 이 두 사람이 짝이 되면 미저리의 회복마법과 크롬의 자기수복에 의해 크롬이 난공불락의 요새가 되지만, 이번에는 그러지 못했다.

그런 탓에 두 사람은 평소보다 상당히 조심하며 나아가야 하는 상태였다.

"제길! 한도 끝도 없군!"

"도망치죠! 몬스터에게 도망치기 위한 아이템이…… 여기 있어요!"

미저리는 재빨리 인벤토리를 조작하더니 흰색 볼을 꺼내 즉시 땅 위에 던졌다.

흰 연기가 광범위하게 솟아올라 몬스터의 시야를 메운다.

그 틈에 두 사람은 허둥지둥 그 자리를 뒤로했다.

"후……. 역시 슬슬 탱커인 나 혼자서는 힘든가."

"하아……. 저도 딜러가 있는 게 편한데요."

"마이, 유이나 메이플이 있으면 이런 생각을 안 해도 되는데."

"미이나 신이 있으면 훨씬 든든할 텐데요."

두 사람은 옆에 있으면 누구나가 기뻐할 톱 클래스 딜러들을 떠올리면서 착실하게 전투를 돌파해 나갔다. 보통 이런 타입이 두 명이면 애초에 탐색하기가 어려울 텐데, 이러니저러니 하면서도 잘 넘기고 있는 걸 보면 두 사람 또한 톱 플레이어인 것이다. 그리고 거듭되는 탐색에 의해 정보가 모여 완성된, 정글 중심으로 향하는 루트 맵을 확인하면서 걸어갔다.

두 사람이 도중에 전투를 회피하고 있을 무렵, 카나데와 마르크스 두 사람도 몬스터와 접촉하고 있었다.

"왔군……."

마르크스는 딱히 뭔가 하지도 않고 그대로 똑바로 걸어간다.

옆에 있는 카나데도 책장을 전개하고 있지만 마도서를 꺼낼 기색은 없다.

그리고 몬스터가 공격으로 전환하려 할 때 지면에서 튀어나온 굵은 덩굴이 원숭이나 새 같은 모습을 한 몬스터를 꽉 죄었다.

마르크스의 머리 위에서는 몇 마리나 되는 몬스터가 팔다리를 버둥대며 덩굴에서 벗어나려 하고 있었지만, 잘 풀리지 않았다.

"자, 폭파……."

덩굴 주위에 붉은 마법진이 출현해 몬스터를 휩쓸며 터진다.

상당한 대미지를 받은 몬스터에게 마르크스는 마법으로 추격타를 가해 숨통을 끊는다.

"오— 역시 대단해."

"잡히기만 하면 괜찮아, 괜찮아."

마르크스는 들뜨거나 하지는 않았지만 조금 득의양양한 표정을 보였다.

그러던 마르크스의 시선 끝에, 자기 키의 몇 배는 되는 이끼 낀 바위 골렘이 나타난다.

붉게 빛나는 눈과 마르크스의 눈이 딱 마주쳤다.

"아, 무리…… 저건 못 감당해."

"으음, 그럼 쓸모가 없어 보이는 것부터……. 【사신의 목소리】."

카나데의 책장에서 검은 책 한 권이 두둥실 빠져나와 내려온다.

군데군데 핏자국이 있는 검은 표지 책의 페이지가 팔락팔락 넘어가고, 몸속까지 메아리치는 듯한 낮은 소리가 울리기 시작한다.

그리고 잠시 후 커다란 골렘은 바닥없이 어두운 암흑에 감싸이더니 빛의 입자가 되어 사라졌다.

"오— 통한 것 같아. 낮은 확률로 즉사."

"운이 좋은가……?"

"나름대로."

두 사람은 멈췄던 발을 다시 움직이기 시작했다.

크롬과 미저리에 비하면 훨씬 더 순조롭게 탐색이 진행되고 있었다.

다른 장소, 나무들이 늘어선 정글에서 가장 소란스러운 곳.

근처 몬스터를 치고, 태우고, 깔아 뭉갠다. 도망치려 하는 자에게는 빛나는 참격이 날아든다.

그곳에는 몬스터가 다가오든 말든 상관없다는 듯이 정글을 폭주하는 메이플과 그 위에 탄 페인이 있었다.

"웅? 메이플, 멈춰라. 뭔가 보였다."

"어? 네!"

메이플이 또 몬스터 한 마리를 쓰러뜨렸을 때 멈춰 선다.

두 사람이 있는 장소에서 조금 먼 곳에, 마치 도중에 녹아버린 것처럼 부자연스럽게 구불텅하게 굽은 나무들이 있었다.

두 사람은 그 근처까지 다가간다.

일그러진 나무들의 숲 중심으로 더 나아가자, 굵고 큰 나무가 몇 그루나 서로 얽혀 생긴 커다란 나무가 나타났다.

나무 밑동에는 입구가 있고 위로 통하는 나무 계단이 보인다.

"아, 이건……."

"여기로군, 아까 말했던 장소다."

메이플은 입구의 크기와 자신의 몸을 비교한다.

아무리 생각해도 들어갈 수 있을 것 같지가 않은 크기였다.

메이플은 하는 수 없이 【포학】을 해제한다.

그러자 괴물의 배가 갈라지고 메이플이 지면에 툭 떨어졌다.

페인은 그것을 빤히 보고는 어쩐지 맥이 빠진다고 생각하면서 입구 주위의 안전을 확인하기 시작했다.

"문제는 없군."

"제가 앞장설게요!"

메이플이 방패를 쑥 들고 내밀면서 선언하자, 페인은 조용히 끄덕였다.

그리고 두 사람은 나무 계단을 신중하게 올라갔다.

두 사람은 경계하면서 계단을 올라, 아무 일 없이 정상에 도착했다.

커다란 나무의 가지는 두 사람이 서고도 충분히 넓었다.

또한 그 장소에는 상쾌한 바람이 불고 나뭇잎이 흔들리는 소리가 들려온다.

마음이 차분해지는 녹색과 바람 속, 한 가지의 끝부분에 녹색 마법진이 빛나고 있었다.

"갈까요?"

"그래, 당연히."

두 사람은 뚜벅뚜벅 소리를 내며 가지 위를 걸어간다. 그렇게 해서 접근한 마법진이 반짝반짝 빛나며 두 사람을 유혹한다.

메이플이 마법진에 닿자 몸이 녹색 빛에 감싸여 사라진다.

페인도 메이플의 뒤를 이어, 두 사람은 어딘가 다른 곳에 내려서 눈을 떴다.

조금 전까지의 정글과는 확 달라진, 무시무시할 정도로 조용한 숲.

늘어선 나무들, 푸릇푸릇한 잎.

싱싱한 붉은 과일이 빛나는 수풀과 높은 하늘에서 보이는 푸른빛.

그러나 생생한 그 숲에는 전혀 소리가 없었다. 작은 새의 지저귐도 나뭇잎의 술렁거림도, 두 사람의 발소리조차도 울리지 않는 것이다.

"여기는……?"

메이플은 이곳에서 처음으로 목소리를 흘린다.

"MP 증가 스킬인가. 딱 좋군."

페인은 잘 모르는 메이플에게 다시 이곳에서 얻을 수 있는 것을 설명하기 시작했다. 페인은 MP 비율 회복 효과를 보다 높이기 위해, 그리고 메이플은 모처럼이니 갖고 싶다고 생각해서 공략하기로 결의했다.

"알겠어요. 기왕 왔으니까 열심히 할게요!"

"좋아, 간다. 여기서부터는 정확하게 갈 필요가 있다. 내가 앞장서지."

이 숲속에서 어디로 향하면 되는지 이미 데이터를 가지고 있는 페인은 때때로 이를 확인하면서 소리 없는 숲을 나아간다.

"떨어지지 마라. 루트를 벗어나면 몬스터가 나오니까."

그렇게 말한 페인의 뒤를 메이플이 딱 붙어서 따라간다.

페인은 그대로 마지막에 나올 보스 몬스터를 설명하기 시작했다.

메이플은 그 이야기를 잘 듣고, 보다 쉽게 보스를 쓰러뜨릴 수 있도록 대비한다.

그사이 두 사람은 이 숲에 한 번도 몬스터 소리가 울려 퍼지게 하는 일 없이 목적지에 도착했다.

나뭇잎이 바람에 춤추는 광장. 그 안쪽에는 직경 1미터 정도의 그루터기가 하나 있었다.

"보스가 올 거다."

"엑!? 네!"

메이플이 허둥지둥 방패를 들고 단도를 뽑는다.

그와 동시에 그루터기 위에서 녹색 빛이 형태를 갖추어 간다. 그리고 그 빛을 깨뜨리듯이 온몸이 나무로 구성된 인간 같은 몬스터가 나타났다.

그 몬스터는 160센티미터 정도의 작은 체구에, 덩굴과 나뭇잎으로 된 모자를 쓰고 있다.

그리고 오른손에는 마찬가지로 나무로 된 심플한 지팡이를 들고 있고, 지팡이에는 꽃이 달린 덩굴이 감겨 있었다.

두 사람이 공격하기도 전에, 보스 몬스터가 그 지팡이를 치켜 올리자 나뭇잎이 날아올라 두 사람을 덮친다.

페인은 재빨리 이동해 나뭇잎 옆을 스르륵 빠져나가 보스에게 강력한 일격을 가했지만 메이플은 그러지 못했다.

사전에 지식은 얻었지만 회피할 속도가 모자랐다.

"꺄악!"

나뭇잎이 메이플을 에워싼다.

그 효과는 현재의 장비를 인벤토리 속의 장비와 랜덤하게 바꾸어 전투 종료 시까지 고정하는 것이었다.

"어……라?"

나뭇잎이 사라지고, 감아 버렸던 눈을 뜬 메이플이 처음으로 본 것은 기억에 있는 흰 갑옷이었다.

페인과는 달리 메이플의 인벤토리에는 거의 장비가 들어있지 않다.

장식품이 엉망진창이 되고 머리에는 정글에서 입수한 왕관이 씌워져 있는 정도로, 그 밖의 것은 서브 장비일 뿐이었다.

"응, 괜찮아!"

메이플은 단도를 뽑고는 먼저 보스에게 공격을 개시한 페인의 바로 옆에 서서 평소처럼 스킬을 사용한다.

"【헌신의 자애】!"

메이플이 페인에게 날아오는 바람의 칼날을 대신 받아낸다. 그것은 무력화되어 메이플에게 상처를 입히지 못한다.

메이플이 방패를 담당한다면, 페인은 창의 역할에 집중할 수 있다.

금발에 파란 눈동자.

순백의 갑옷을 두른 두 사람은 마치 남매 같았다.

자애로 보호받는 무자비한 기사는 찬란히 빛나는 성검으로 몬스터의 사지를 잘라낸다.

최고 클래스의 공격력이 HP를 가차 없이 빼앗는다.

"단기 결전이 가능하겠군!"

"가능해요! 가능해요!"

페인은 그대로 힘껏 검을 휘두른다.

보스가 만들어낸 나무 벽도 덩굴 갑옷도 베어 버리고 바로 정면에서 그 모든 것을 뛰어넘는다.

메이플은 부서지지 않는 방패가 되어 계속 보호한다.

보스가 쏘아낸 바람의 칼도 나뭇잎의 소용돌이도 튕겨내며 바로 정면에서 그 모든 것을 찌부러뜨린다.

두 명이라 해도 보스 몬스터 혼자서 이길 수 있는 상대가 아니었다.

보스 몬스터의 나무로 된 몸이 썩어 버린 나무로 변해 부스스 무너져 내린다.

페인은 곧바로 스킬을 확인하고, 메이플은 장비를 원래대로 돌렸다.

【심록(深綠)의 가호】

MP 회복 속도 10% 상승.

그리고 【헌신의 자애】로 줄어든 HP를 회복하려고 인벤토리를 열어 포션을 꺼내려고 했을 때 겨우 생각이 났다.

"아—!! 회복이 안 되지!"

버릇이 된 평소 행동이 멋대로 나온 것이다.

실수를 큰 소리로 떠드는 메이플. 페인은 그 모습을 가만히 지켜봤다.

지금 모습만 보자면 참 만만하게 보일 거라고, 페인은 생각하고 있었다.

　무사히 몬스터를 격파했지만 실수로【헌신의 자애】를 써 버린 메이플은 페인과 헤어져 정글에서 한 번 나가기로 했다.
　이유 중 하나는 관통 공격을 한 번 받기만 해도 죽을 만큼 HP가 줄어들고 말았기 때문이다.
　그리고 나름대로 정글에서 치른 전투 횟수가 많아 피곤해진 것도 있었다.
　메이플은 페인에게 정글에서 나가겠다고 전했다.
　"저기, 감사했어요!"
　"나도 뭐, 여러모로 좋은 경험이 되었다. 또 기회가 있으면 파티를 맺자."
　"그럼, 힘내세요!"
　"다음에 보자."
　메이플은 작별을 고하고 빛에 감싸여 통상 필드로 돌아갔다.

11장 방어 특화와 합류.

"다음 장소로 갈까. 알기 쉬운 위치로 올 수 있었던 건 편해서 좋군."

메이플과 헤어진 페인이 혼자서 중얼거린다.

어디나 비슷한 풍경이 이어지는 정글에서는 적지만 표식이 되는 장소가 도움이 된다.

페인은 여기서 조금 떨어진 곳에 골렘이 대량으로 나타나는 구역으로 향하자고 생각했다.

목적한 스킬은 입수했으니 이제 이곳에는 볼일이 없다.

페인은 귀환용 마법진에 올라가 굽은 큰 나무로 돌아갔다.

"그래…… 좋아. 가자."

페인은 기분을 바꾸고 다시금 한 걸음 내디딘다.

그리고 페인은 계단을 내려가다가 도중에 계단을 올라오는 무리와 맞닥뜨렸다.

크롬, 미저리, 카나데, 마르크스. 이렇게 네 사람이었다.

같은 장소를 목표로 걸어오던 네 사람은 때마침 큰 나무 근처에서 만나 협력하기로 한 것이다.

네 사람도 각각 페인이 있는 것을 알아차렸다.

크롬은 페인에게 말을 걸어 페인이 가려고 하는 장소를 알자, 넷이서 의논해 페인에게 한 가지 제안을 했다.

페인이 도와주면 자신들도 돕겠다는 제안이다.

네 사람으로서는 큰 대미지를 줄 수 있는 플레이어가 필요했던 것이다.

"……알았다. 정보를 공유하지."

페인은 제안을 받아들이고, 크롬 일행이 확실히 이길 수 있도록 정보를 공유했다.

"문제없어, 이길 수 있다."

몇 가지 질문을 받은 후, 페인은 그렇게 결론을 내렸다.

전투에서 소모도 그리 크지 않았고, 메이플을 데리고 한 번 싸웠기 때문에 공격을 안전하게 찬찬히 관찰할 수 있었다.

즉, 질 요소는 없다고 해도 좋다.

"다섯 명이라면 금방 끝나겠지."

마법진에 닿기 직전에 페인이 말한 대로 일이 진행되었다.

페인이 메인이 되어 공격하고 크롬이 방패로 보스의 공격을 막는다.

페인은 침착하게 최선의 행동을 되풀이하여 필연적인 승리를 손에 넣었다.

크롬도 대미지를 받지 않고 공격을 잘 받아넘겼다.

그 움직임에 페인과 마르크스가 어쩐지 안심한 이유가, 과연 강함과 든든함에서 온 것이었는지 미묘한 부분이기는 했지만.

어찌 됐건 페인을 제외한 전원이 새로 스킬을 획득했다.

그리고 전원이 함께 원래 장소로 돌아갈 수 있었기 때문에 다시 골렘이 넘쳐나는 숲 안쪽으로 들어가기로 했다.

페인 일행은 다섯 명이 한데 모여 이동한다.

후위가 더 많기도 해서 달리는 페이스로 진행할 수는 없었지만, 여유를 둔 덕에 안전을 확보할 수 있었다.

페인은 조금만 더 빨랐다면 메이플도 따라왔을지도 모른다고 크롬에게 말했다.

"메이플이 있었어?"

"그래, 너희와 만나기 조금 전까지 함께 행동했다. 야, 정말 강했어. 여전히 말이지."

"나는 아직 직접 싸운 적이 없으니까. 언젠가 붙어 보고 싶은데…… 아니, 진흙탕 싸움이 되려나."

크롬도 사리 정도는 아니지만 나름대로 메이플과 오래 알고 지냈다.

방패를 쓰는 플레이어로서, 어떻게 하면 메이플의 공격을 다 막을 수 있을지 생각한 것이 몇 가지 있었다.

다만 그것이 승리로 이어지지는 않는다.

크롬은 메이플과 싸워 살아남을 가능성은 있지만 쓰러뜨릴 수는 없는 것이다.

"언젠가 기회가 있으면 전력으로 싸우겠지만. 나도 나름대로 끈질기거든."

크롬은 그렇게 말하고 오른손으로 자기 가슴을 툭 쳤다.

"메이플이 지금 이대로라면…… 앞으로 몇 수면 찌를 수 있을 거라 생각한다만."

"오, 제법이군. 뭐 메이플은 금방 이상한 쪽으로 진화하니까 말이야. 언제까지 지금 이대로일지 나는 모르겠어."

지금까지도 그랬다고 크롬은 말했다.

정체와 급속한 성장을 되풀이하는 것이 메이플이다.

애초에 그 주기를 예측할 수 있는 자는 본인을 포함해도 아무도 없지만.

"여러분, 골렘이에요! 싸울 준비를 하죠!"

경계하면서, 잡담하면서.

그렇게 걷는 사이, 페인 일행은 목적지인 골렘이 득실대는 구역에 도착했다.

이끼 낀 유적이 있는 그 장소는 나무들보다 부러진 기둥이나 건물 잔해 등이 눈에 띄었다.

미저리는 말과 동시에 페인과 크롬에게 버프를 건다.

"잠깐……. 이번에는 나설 차례가 없지? 함정을 준비하자."

마르크스는 노상용 함정에서 나름대로 비용이 드는 대형 몬스터용 함정으로 바꾸었다.

그러는 사이에 페인의 검이 골렘의 바위 팔을 썩둑썩둑 자르고 있었다.

"한 마리라면 문제없군!"

페인은 몸을 틀어 골렘의 주먹을 피하고 【도약】하여 몸통을 벤다.

페인에게 골렘 한 마리는 이미 방어행동을 취할 필요가 없는 상대였던 것이다.

결국 페인은 혼자서 자기 키의 몇 배나 되는 골렘을 없애버렸다.

시간은 1분도 걸리지 않았다.

그리고 검을 검집에 집어넣은 페인에게 크롬이 달려온다.

"이봐, 페인. 봐라."

"응? 이건……."

페인이 크롬이 가리키는 방향을 본다.

부서진 기둥, 이끼 낀 유적의 잔해.

그 뒤편에서 나타나는 골렘. 그뿐만이 아니다. 멀리서 잇달아 골렘이 나타나 소리를 내며 바짝 다가오고 있었다.

그 너머로 가려는 자를 저지하듯이.

페인 일행이 보고 있는 사이에 골렘이 풍경 전체를 뒤덮을 정도의 기세로 늘어난다.

"페인, 어떡하지!?"

"최소한만 잡고 빠져나간다!"

"오케이!"

크롬과 페인은 짧게 말을 나누고는 각각 무기를 뽑고 방패를 들었다.

미저리는 【AGI】 상승 버프를 모두에게 걸어 뛸 준비를 했다.

"양 사이드는 함정으로 막겠지만…… 오래는 못 버텨."

"일단, 마도서. 음— 관통력이 있는……. 이건가."

카나데가 연두색 마도서를 꺼낸다.

전투가 시작되려 하던 때, 그 마도서는 찬란히 빛나며 힘을 발휘했다.

다섯 명의 머리 위에 바람이 부는 소리가 나기 시작한다.

그것은 차츰 크고 강해져, 방향성을 지니고 휘몰아쳤다.

이미 폭발음에 가까운 굉음.

공기의 창이 골렘 몇 마리를 꿰뚫어 날려 버렸다.

흙먼지가 일고, 땅울림이 다섯 명에게 전해져 온다.

"대미지는 보기보다 크지 않으니까, 서둘러!"

카나데의 말에 따라 페인을 선두로 골렘 무리에 돌진한다.

"너희는…… 움직이지 마……."

푸르스름한 빛이 양옆의 골렘의 발밑에서 용솟음쳐 움직임을 제한한다.

마르크스의 MP가 쑥쑥 줄어들지만 미저리가 즉시 자신의 스킬로 채운다.

미저리가 회복시킬 수 있는 것은 HP뿐만이 아닌 것이다.

나름대로 제한이 있는 탓에 마음껏 쓸 수는 없지만, 돌파하는 데는 충분히 도움이 되었다.

"끝이 없군! 정말로 상대하고 있을 수가 없어."

크롬이 골렘의 무거운 주먹을 교묘하게 지면으로 흘려 넘기면서 외친다.

쓰러뜨리며 가기에는 너무 많고, 달려서 빠져나가기에도 상당히 힘들다.

그때.

골렘 한 마리의 머리가 폭염과 함께 날아갔다.

페인 일행을 둘러싼 골렘 중에서 가장자리에 있던 골렘이 폭염 속에서 와르르 무너져 빛으로 바뀌어간다.

페인과 크롬이 무슨 일인가 하여 그 골렘 쪽을 본다. 그곳에는 불꽃을 조종해 가속하면서 골렘을 상대하는 한 명의 소녀, 미이가 있었다.

미이 주위에도 골렘이 솟아나고 있어, 페인 일행 쪽에서 발생하는 골렘들과 합쳐져 지금처럼 숫자가 불어난 것이다.

미이도 전투음을 듣고 페인 일행의 존재를 알아차렸다. 카나데와 크롬, 페인의 장비는 멀리서 봐도 눈에 띄는 데다 나머지 두 사람은 친하기 때문에 미이는 집단의 구성을 곧바로 파악할 수 있었다.

"두 사람이 있는 건가. 그렇다면."

미이는 커다란 불기둥으로 골렘을 발밑에서 태운다. 미이 주위의 골렘과 페인 일행 주위의 골렘이 각각 휩쓸린다.

아무래도 쓰러뜨리지는 못했지만 불기둥은 골렘을 휘청거리게 만들었다.

페인 일행은 그 빈틈을 찔러 골렘의 다리 아래를 빠져나가 미이와 합류했다.

미저리와 마르크스가 미이와 합류하자고 제안한 것을 받아들인 것이다.

미이는 마르크스와 미저리를 확인하고 미저리를 불렀다.

"미저리!"

"네, 알고 있어요!"

세세한 지시는 필요 없다는 듯, 미저리는 즉시 행동했다.

남아도는 MP를 미이에게 양도한 것이다.

"간다……!"

골렘의 발소리와 서로 부딪치는 소리에 스킬명이 덮여 버렸지만, 일어난 일은 강력한 스킬임을 예상케 했다.

순식간에 미이와 모두의 양쪽에 일렁이는 불꽃의 벽이 생겨나고, 안쪽은 한 줄기 길이 되어 골렘을 격리하며 똑바로 이어지고 있었다.

"【은밀의 꽃】."

마르크스가 그 말을 작게 중얼거리자, 주위에 있는 전원의 몸에 가는 덩굴이 하나 감기더니 그 정점에 흰 꽃을 피웠다.

몬스터에게 인식당하지 않았을 때 사용할 수 있는 그 스킬은, 나름대로 무거운 MP 소비와 맞바꾸어 대상을 30초간 몬스터에게 들키지 않게 해 준다.

효과가 끊기면 꽃이 시들어 떨어지므로 지속 시간을 알아보기 쉽다.

"골렘은 플레이어를 놓치고 잠시 지나면 소멸한다."

미이는 그렇게 말하고 생겨난 불꽃의 길을 걸어가려고 했다.

"우리도 가죠. 불벽도 오래 버티진 못하니까요."

미저리는 그렇게 말하고 미이에게 가까이 가서 귓가에 소곤소곤 말했다.

"우리랑 같이 갈래요?"

"부탁할게……. 혼자선 너무 힘들어……."

메이플에게 들키고 나서 조금 후에, 긴장이 느슨해진 미이는 곧바로 꼬투리가 잡혀 미저리에게도 캐릭터 설정을 들키고 말았다.

하지만 그 덕에 미저리와 편하게 이야기할 수 있게 되어 길드 내에서 지내기가 편해지기도 했다.

미이의 말을 듣고 미저리는 페인과 모두를 돌아보며 말한다.

"미이도 같이 와 준다니까, 전력이 늘었어요!"

미이는 엄격한 캐릭터로서 행동하고 있기 때문에, 그것을 이해하고 다리를 놓아 주는 미저리가 중요한 역할을 맡고 있는 것이다.

"내 마법 공격은 불안정하니까, 살았어."

거절할 이유도 없어 순순히 받아들일 수 있었던 미이가 몰래 안심한 것을 눈치챈 사람은 미저리뿐이었다.

"그럼 이제 가자, 시간 없잖아?"

크롬이 우선 이야기를 일단락 짓고 걷기 시작한다.

그렇게 해서 은밀 효과가 끊어지기 전에 골렘의 포위망을 빠져나갈 수 있었다.

정글이 불타지 않게 만들어진 것이 미이에게는 다행이었을 것이다.

전원이 한 명도 빠짐없이 나아간다.

"보이기 시작했군."

수호자인 골렘들을 돌파했으니, 그 너머에 있는 것은 당연히 수호를 받고 있는 무언가다.

페인이 가리키는 곳에는 이끼 낀 바위로 된 유적이 있었다.

그 유적 안쪽에 한층 커다란 건물이 강한 존재감을 내뿜고 있다.

유적 주위에는 몬스터가 없어 순조롭게 안쪽의 커다란 건물까지 갈 수 있었다.

여섯 명 앞에는 지하로 통하는 기나긴 계단이 있었다.

안 내려갈 이유가 없어, 전원이 지하로 발을 내디뎠다.

아직 밝혀지지 않은, 수호받는 무언가를 손에 넣기 위해.

여섯 명은 빛이 없는 계단을 내려간다.

계단은 도중에 꺾이고, 지상의 빛도 차츰 닿지 않게 된다.

"랜턴을 준비할게요."

미저리가 랜턴을 꺼내 어두운 계단을 비춘다.

한 개만으로도 충분한 밝기를 확보할 수 있었다.

"아무것도 안 나오는군……."

크롬이 방패를 들어 두리번거리며 주위를 확인한다. 주변에는 어슴푸레한 어둠에 덮인 벽이 있을 뿐이다.

"……! 뭔가 보여…… 보였다고 생각한다만?"

"미이?"

미저리가 힐끔 미이 쪽을 본다.

미이는 비스듬히 아래로 시선을 피하고 있었다.

옆에 미저리가 있다는 안심감은 무서운 것이다.

"아니, 그래, 알고 있다……. 조금 더 내려가면 계단이 끝난다. 문이 있군, 경계를 요한다."

그렇게 말하는 미이의 두 눈이 희미하게 붉게 빛나고 있다.

미이는 야간투시 효과 스킬이 있어 다른 멤버보다 앞쪽이 잘 보이는 것이다.

미이가 말한 대로 그곳에는 돌로 된 문이 있었다. 손을 넣어 옆으로 밀 수 있는 홈만 있는 수수한 문이다.

크롬은 홈에 손을 넣고 힘을 꽉 주어 문을 열려고 했다.

"응?……안 돼. 안 열린다."

"일정【STR】수치가 필요한 걸지도 모른다. 교대하자, 내가 하지."

페인은 검을 검집에 넣고 힘을 주어 문을 움직였다.

그러자 드드득 하고 돌을 질질 끄는 소리와 함께 문이 천천히 열렸다.

그리고 동시에 눈부신 빛이 넘쳐흘렀다.

그 앞에는 상하좌우로 난잡하게 펼쳐진 통로와 계단.

또한 여기저기서 빛나는 마법진과 딱 하나 있는 의미가 있어 보이는 낡은 레버가 있다.

한마디로 표현하자면 미궁. 그런 분위기가 감도는 경치가 여섯 명의 눈앞에 펼쳐져 있었다.

"어……, 어디부터 갈까?"

크롬이 옆의 페인에게 묻는다.

"선택지가 너무 많다. 아무래도 이건."

페인이 흘끗 왼쪽을 보자 거기에서만 해도 마법진을 대여섯 개는 확인할 수 있었다.

귀찮기 이를 데 없다고 할 수 있다.

"어떡하지……. 난 아무 데나 가도 괜찮은데."

마르크스가 【포학】 메이플을 만났을 때의 표정을 반쯤 희석한 표정으로 말한다.

즉 이미 엄청 돌아가고 싶어진 거겠지만, 그렇게 하지 않는 것은 최고 수준의 멤버가 모여 있기 때문이리라.

"적당히 침입하면 된다. 몬스터 정도는 문제없다. 그리고 생각해 봐야 답은 나오지 않아."

"네, 그렇죠. 미이. 저도 우선 마법진이나 아니면 레버를 건드려 보기를 제안하겠어요."

"나는 길만 기록해 둘게. 헤매다가 어떻게 지나갔는지 모르게 되지 않도록."

그렇게 해서 전원이 방침을 굳혔다.

가까이 있는 레버를 넘겨보는 것이다.

"오케이, 한다?"

크롬이 레버에 다가가 손을 올리고 다섯 명을 돌아본다. 전원이 작게 고개를 끄덕인 것을 확인하고 크롬은 레버를 반대

방향으로 넘겼다.

　그 순간, 종횡무진 펼쳐져 있던 계단이 덜컹덜컹 재조립되
더니 방향을 바꾸고, 벽이 열리며 새로운 통로가 생겨나고,
조금 전까지 있던 통로가 사라진다.
　마법진이 흐려져 사라지더니 다른 곳에서 다시 빛을 내기 시
작한다.
　레버를 한 번 넘긴 것만으로 미궁은 그 모습을 완전히 바꾸
고 말았다.
　"에엑……."
　마르크스가 【포학】 메이플을 만났을 때의 얼굴로 목소리를
흘린다.
　레버를 넘긴 크롬도 떨떠름한 얼굴을 하고 있었다.
　"어떡할까, 페인. 다음으로 시험해 볼 곳을 정해 줘도 상관
없는데?"
　"솔직히 귀찮기 그지없군. 하하하, 크롬, 어떡할까?"
　전위 두 사람이 어쩌지 어쩌지 하고 있을 때 카나데가 말을
꺼냈다.
　"모든 계단과 통로와 마법진이 뒤바뀐 것처럼 보이지만…….
딱 하나 아까 그대로인 통로가 있으니까 거기로 가 보는 건 어
때?"
　카나데는 조금 전 광경을 전부 고스란히 기억하고 있었다.

다섯 명은 발견하지 못해도, 카나데의 눈에는 위화감으로 그 통로가 확실하게 보였다.

"또 범접할 수 없는 인간이……."

"사리 씨와 비슷한 느낌이 드네요."

마르크스와 미저리가 그렇게 반응했다.

그 제안에 반대할 이유도 없었다.

전원이 카나데가 지시한 방향으로 향한다.

카나데가 말한 통로를 지나가자 그곳에는 또 하나 비슷한 구조의 방과 레버가 있었다.

"이게 계속 나오는 걸 보면…… 대부분은 트랩일지도 모르겠네요."

"카나데, 부탁한다."

"물론!"

이렇게 해서 여섯 명은 나아간다.

흉악한 몬스터나 즉사 수준의 함정을 슥슥 빠져나가면서.

유적 내의 모든 함정은 한 명의 플레이어, 카나데에 의해 무너졌다.

유적을 지키는 지혜가 더욱 뛰어난 지혜에 깨진 것이다.

여섯 명은 지하로, 더 지하로 천천히 내려가, 지금까지와는 확연히 분위기가 다른 방에 도착했다.

가장 안쪽에 금과 보석으로 치장한 커다란 관이 있고 다른 것은 아무것도 없다. 사락거리는 모래가 메마른 돌바닥을 덮고 있을 뿐, 지면 자체에 이상한 점은 보이지 않는다.

지면에 놓인 관은 5미터 정도 크기로, 그 안에 보물이 들어 있을 거라고 생각한 사람은 여섯 명 중에 한 명도 없었다.

그리고 그 예감은 적중했다.

그들의 존재를 느낀 것인지, 천천히 뚜껑이 삐걱대는 소리를 내며 떨어졌다.

안쪽에서 나온 것은 아직도 광택이 남아 있는 왕관을 머리에 쓰고 금으로 된 지팡이를 든 해골 왕이었다.

눈 부분, 검은 구멍 너머로 마치 그 구멍을 확장하려는 듯이 검은 불꽃이 일렁이고 있다.

"온다, 준비해!"

페인의 목소리와 동시에 해골 왕이 행동을 개시해 전투가 시작되었다.

전투가 시작되자 가장 먼저 페인과 미이가 보스를 향해 뛰쳐나갔다.

크롬이 그 뒤를 쫓으려 했을 때 보스가 든 지팡이 끝부분에서 푸른 불꽃이 타올랐다.

그 순간, 수상한 구석이 없었던 지면을 가르며 잇달아 무기를 든 스켈레톤이 나타난다.

그 손에 든 녹슨 창이나 검에서는 검은 물방울이 뚝뚝 떨어지고 있었다.

"크롬, 후위를 부탁한다!"

페인이 앞길을 막는 스켈레톤을 베어 날리면서 외쳤다.

"그래! 【도발】!"

크롬은 발을 멈추고 후위 세 명 앞에서 방패를 들었다. 방 전체에서 솟아나는 스켈레톤이 후위를 직접 덮치는 것은 막아야만 하는 것이다.

그렇게 가드를 굳힌 크롬 뒤쪽에서 화염덩어리와 윙윙대는 바람의 칼날이 연달아 터져 나왔다.

카나데는 범위 공격을 할 수 있는 마도서를 사용하고, 미저리는 특기인 범위마법으로 공격한다.

마르크스는 크롬을 서포트하기 위해 함정으로 스켈레톤을 구속해 부담을 줄인다.

그러나 【도발】을 사용하고 있기도 해서 크롬에게 모여드는 스켈레톤이 많았다.

크롬은 방패를 능숙하게 휘두르며 도끼로 베어 넘기고는 있었지만, 마침내 팔에 창이 박혔다.

크롬은 곧바로 대응해 방패로 창을 꽂은 스켈레톤을 튕겨냈지만 팔에서 붉은빛이 넘치고 있다.

"대미지 자체는 그다지……, 제길! 진짜냐! 다들 조심해, 뼈다귀의 공격에는 HP 지속 감소 효과가 있는 것 같다!"

크롬의 HP는 지금도 슬금슬금 감소하고 있다.

그것은 몇 초 만에 멈췄지만, 독도 아닌 그 효과에는 현재 대처법이 존재하지 않았다.

"스켈레톤은 무한정 생기는 듯해요!"

"그럼…… 미이와 페인 주위를 공격해. 여기는 함정으로 애써 볼게."

마르크스가 허리에 달고 있던 파우치에서 결정과 무슨 씨앗을 꺼내 뿌렸다.

결정이 터지자 파직파직 소리를 내는 빛이 가까이 있던 스켈레톤 몇 마리를 옭아맨다.

씨앗은 급성장하여 두꺼운 덩굴이 되더니 벽을 만들어 스켈레톤을 차단했다.

그것을 본 카나데와 미저리는 더 앞쪽으로 마법을 쏘기 시작했다.

페인과 미이는 보스에게 다가갈수록 많아지는 스켈레톤에 발이 묶였지만 강력해진 지원 공격 덕분에 마침내 보스 바로 근처까지 가는 데 성공했다.

"불은 통하나?"

팔을 힘껏 휘둘러【염제】로 생겨난 화염 구슬을 보스에게 직격시키자 HP가 눈에 띄게 감소한다.

그러나 HP가 감소함과 동시에 터져 나와야 할 붉은 대미지 이펙트는 거무칙칙한 액체로 바뀌어 있었다.

미이는 직격은 피했지만 그 액체를 조금 뒤집어쓰고 말았다.

"HP 감소인가……!"

HP 회복이 안 되는 이 영역에서는 귀찮기 그지없는 공격으로 미이의 HP를 깎는다.

"하지만 약해——.【단죄의 성검】!"

페인이 검을 휘둘러 보스가 가드하려고 세운 지팡이를 튕겨내고, 살이 없는 가슴부터 얼굴에 걸쳐 깊이 베어낸다.

검은 액체를 뒤집어쓰며 페인이 추격타를 가하려 했을 때 관 속에서 검은 액체가 울컥 흘러나왔다.

"큭, 미이!"

"한 발 더!"

미이는 보스의 머리에 화염구를 날려 경직시키고, 페인과 함께 일단 거리를 벌렸다.

두 사람의 후퇴 지점에 있는 스켈레톤은 후방에서 끊임없이 쏘는 마법에 계속 쓰러지고 있었기 때문에 보스에게 집중할 수 있었다.

관 속에서 흘러나온 검은 액체는 보스 주위의 지면을 뒤덮고는 멎었다.

걸어서 다가가려면 어느 정도 대미지를 감수할 필요가 있다.

게다가 보스가 지팡이를 천장을 향해 내던지자, 그것이 천장에 빨려 들어갔다.

그리고 검은빛이 뼈밖에 없는 보스의 몸을 뒤덮는다.

그와 함께 스켈레톤의 절반 정도가 힘을 잃고 사라졌지만 대신 천장에서 검은 물방울이 뚝뚝 떨어지기 시작했다.

본 적이 있는 그 물방울은 하나씩 분명하게 HP를 깎아내고 있었다.

"전원 앞으로 나가라! 총공격이다!"

페인이 다시 돌격한다. 그에 맞춰 뒤쪽에 있던 네 사람도 보스에게 공격이 닿는 위치까지 전진한다.

그러나 그 모든 공격의 위력은 보스의 몸을 덮은 검은빛이 더욱 강해진 순간 대폭 감소되고 말았다.

"크롬……! 보스 근처까지 갈 수 있어? 지금 보스에게 강력한 버프가 걸려 있어…… 해제할게."

그렇게 말하는 마르크스의 오른쪽 눈 앞에는 마치 모노클이라도 쓴 것처럼 흰 원이 떠 있었다.

즉, 이것으로 보스의 데이터를 꿰뚫어 보고 있다는 뜻이다.

"두 사람은 괜찮겠어?"

"내가 방어계 마도서를 사용할게! 괜찮아."

자신 있는 그 목소리에 떠밀려 크롬은 마르크스를 데리고 스켈레톤 무리 속을 달려간다.

대미지를 받으면서도 마르크스가 목적한 위치까지 도착했다.

"좋아……. 【성스러운 사슬】!"

보스의 몸 주위에 노란 마법진이 연이어 나타나고, 거기서 하얗게 빛나는 사슬이 뻗어 나와 보스의 몸을 옭아맨다.

보스를 뒤덮은 검은빛이 사라지고, 추가로 움직임을 3초간 완전히 멈추는 덤까지 붙었다.

그 3초는 미이와 페인을 앞에 두었을 때는 너무도 무거운 시간이었다.

"끝낸다!"

"당연하지!"

미이의 화염구가 뼈를 사르고, 불기둥이 관까지 통째로 태운다.

페인의 성스러운 연격이 보스의 안면을 수평으로 베어낸다.

검은 물방울이 전원의 HP를 절반 이하로 만들었을 무렵, 해골 왕은 다시 잠들었다.

해골 왕이 빛이 되어 사라지고, 그곳에는 관만이 남았다.

여섯 명이 그 관 속을 들여다보자, 언젠가 매장할 때 넣었던 것 같은 여섯 개의 두루마리와 본 적이 있는 여섯 개의 은메달이 있었다.

그 밖에도 녹슨 검 등이 굴러다니고 있었지만 아이템으로 획

득할 수 있었던 것은 그 두 종류뿐이었다.

여섯 명은 각자 보상을 손에 넣고, 두루마리에 들어 있는 스킬을 확인한다.

【사령의 진흙】

사용 후 30초 동안 방어력을 무시하고, 공격 대미지의 4분의 1만큼 추가 대미지를 주는 효과를 추가한다.
5분 후 재사용 가능.

다시 말해 이 던전에서 여섯 명의 HP를 깎았던 그 검은 액체를 근본으로 하는 스킬이다.

각자가 이 스킬을 확인하고 어떤 용도로 사용할 수 있을지 생각했다.

몇 명인가는 흥미롭다는 듯 스킬을 살피고, 또 몇 명인가는 나름대로 기쁜 듯이 던전을 뒤로했다.

그리고 그들 여섯 명은 남은 HP가 다할 때까지 정글 속을 탐색하고 나가기로 했다.

에필로그 방어 특화와 빛의 왕.

정글 오지에 있는 유적을 여섯 명이 돌파하고 며칠 후.

메이플은 길드 홈에 설치된 책상에 넙죽 엎드려 있었다.

"아⋯⋯. 우—."

HP가 줄어서 정글에서 돌아온 것은 좋았지만, 다시 정글로 갈 때 필요한 아이템이 좀처럼 손에 들어오지 않았다.

이러니저러니 하는 사이에 점점 정글에 관심이 식은 메이플은 모두가 정글에 간 동안 혼자 길드 홈에서 '우— 우—.' 소리를 내고 있었다.

"괜찮아, 정글은 이제 됐어! 열심히 모험했으니까."

메이플은 그렇게 말하고 일어서더니, 마음을 고쳐먹고 길드 홈에서 나갔다.

물론 정글 이동용 아이템을 구하려고 나간 것은 아니다.

"어딘가 안 가 본 곳⋯⋯. 아, 맞다!"

메이플은 무언가를 생각해냈는지 오랜만에 천천히 걸으며 구름 필드를 이동했다.

"와…… 굉장해."

메이플의 눈앞에 펼쳐져 있는 것은 벼락이 끊임없이 떨어지는 구름의 대지다.

하고 싶은 게 없어진 지금, 조금 전에 크롬이 알려준 이곳을 찾아온 것이다.

"좋아……. 가 보자—!"

메이플은 의기양양하게 운해 위를 걸어간다.

쿠르릉 소리가 울리는 가운데 아무 일도 일어나지 않을 리가 없어, 메이플이 있는 장소에 번개가 한 줄기 떨어져 직격했다.

"우왓! ……음. 좋아! 아무렇지도 않아!"

벼락을 맞아도 메이플의 HP는 조금도 감소하지 않았다.

그리고 그 몸에 마비가 통하는 일도 당연히 없었다.

"그럼 다시 출발!"

메이플은 걸어간다. 몸에 번개가 수십 번은 떨어졌지만, 그 모든 것은 예외 없이 튕겨 사라지고 만다.

"사리처럼 피할 수는 없으려나—? ……우왓! 아, 역시 무리야, 무리무리."

피하려고 뿅뿅 움직이고 있는데 번개가 꿰뚫고 지나가서 흠칫 놀라 경직했을 때 메이플은 피할 수 없다는 것을 깨달았다.

"됐어, 뭐 딱히……. 읏차!"

포기를 못하고 뛰어 물러나 본 메이플에게 현실을 알려주려는 듯이 번개가 떨어져, 메이플은 이번에야말로 완전히 포기했다.

"걸어가자, 걸어가. 걸어갑시—다."

메이플의 기분은 변해도 방어력은 변하지 않는다. 메이플이 그대로 번개를 튕겨내며 쭉쭉 걸어간 곳에는 번개구름이 아니라 하얗고 예쁜 운해가 펼쳐져 있었다.

"빠져나온 걸까? ……뭔가 있었으면 좋겠다."

그리고 메이플은 두리번두리번 주위를 둘러보며 나아간다.

한동안 나아가던 그때. 메이플은 하얀 구름 위에 서 있는 무언가를 발견했다.

메이플은 자기 키의 다섯 배는 되는 그것을 눈에 힘을 꽉 주고 쳐다본다.

"웅……. 의자?"

하얀 구름 위에 똑같이 하얀색이지만 좀 더 빛나 보이는, 메이플이 의자라고 부른 물건.

그것은 커다란 옥좌였다.

메이플이 옥좌에 다가가자 그에 반응한 것인지 빛이 하얗게 옥좌에 모여들더니 수축한다.

그리고 그것은 커다란 옥좌에 걸맞을 만큼 커다란 사람 모양을 만들었다.

그 머리에는 왕관이 빛나고, 나이 든 얼굴에는 빛이 만들어 낸 턱수염이 흔들리고 있다.

몸에 걸친 호화로운 옷은 그야말로 왕족을 연상케 했다.

왕 주위에 잇달아 마법진이 전개되어 가고, 옥좌에서 퍼져 나가는 흰빛이 땅 위를 기어 나아간다.

말도 주고받지 않고.

그대로 마법진에서 메이플을 향해 빛의 화살이 날아갔다.

"좋아……【포학】!"

메이플을 감싼 외피는 날아드는 빛의 화살을 모조리 튕겨냈다.

"출바—알!"

메이플이 땅을 달려간다.

그리고 메이플이 옥좌에서 퍼져 나온 흰빛으로 덮인 지면을 밟았을 때, 그 강고한 외피는 녹듯이 사라지고 말았다.

"어!? 우왓!"

메이플은 갑자기 내팽개쳐진 탓에 땅 위를 데굴데굴 구른다.

겨우 멈췄을 때, 메이플은 무슨 일이 일어났는지 몰라 주위를 둘러보았다.

빛의 화살은 여전히 날아오고 있고, 왕도 옥좌에 있었다.

"그럼……【히드라】!"

메이플이 목소리를 높였지만, 앞으로 내민 단도에서 익숙한 독의 격류가 나타나는 일은 없었다.

"어? 어라……?【포식자】!【흘러나오는 혼돈】!【전 무장 전개】!"

의지하고 있는 스킬들을 사용해 본 결과, 병기를 전개할 수는 있었지만 그 이외는 전부 불발이었다.

계속 퍼져 나가는 빛나는 지면.

그것은 그 자리에 있는 자의 사악한 스킬을 봉인하는 성스러운 필드다.

빛의 왕에 비해 메이플이 가진 이런저런 것들은 사악함이 너무 지나쳤던 것이다.

"【공격 개시】!"

메이플이 총탄과 포탄, 레이저를 쏘려고 했지만 빛의 화살이 더 많아서 거의 대부분의 공격을 물리치고 말았다.

게다가 겨우 메이플의 공격이 닿았나 싶어도 애초에 대미지를 주지도 못했다.

메이플의 총격은 기본적으로 일격의 위력보다 숫자로 밀어붙이는 공격이라, 어느 정도 방어력을 지닌 상대에게는 애초에 효과가 없다.

공격력이 고정된 까닭에, 지금 이대로 사용한다 해도 필드를 진행할수록 효력이 떨어지는 것이다.

"음…… 어쩌지? 대미지는 안 받지만……. 【악식】도 발동하지 않고."

메이플은 방패가 화살을 평범하게 튕겨내는 것을 확인하고 어찌할 바를 몰라 했다.

지지는 않지만 이기지도 못하는 상태이다.

양쪽 다 거의 소진되는 일이 없는 원거리 공격을 계속하고 있을 뿐, 상황은 변할 것 같지 않았다.

"우선은 다가가 볼까."

메이플은 온몸에 쏟아지는 화살을 튕겨내면서 옥좌에서 움직이지 않는 왕을 향해 걸어간다.

그리고 메이플은 그 발밑까지 도달했다.

"공격……은 어렵겠네……."

메이플이 단도로 발끝을 쿡쿡 찔러 보았지만 당연히 대미지는 없었다.

방패로 때려도, 시럽을 불러내 공격시켜도 상황은 지금과 똑같다.

메이플은 한동안 거기서 가만히 서 있다가 손을 탁 치고 보스에게 빙글 하고 등을 돌렸다.

"철수! 철수──우!"

어쩔 도리가 없다는 것을 깨달은 메이플은 등으로 화살을 받으면서 벼락이 떨어지는 운해로 돌아갔다.

그리고 벼락에 맞으면서 통상 필드까지 돌아온 메이플은 멈춰서서 타개책을 생각하기 시작한다.

"뭔가 없었던가, 으음…… 아, 맞다! 분명히 마을을 걸어 다닐 때 들었던 그게 어딘가에 있을 거야!"

메이플은 무언가를 생각해내고, 시럽을 타고 천천히 마을로 날아간다.

"가게가 모여 있는 장소가 있었으니까, 거기서부터 보자."

메이플은 가진 돈을 확인하면서 마을 바로 앞에서 시럽에게서 내렸다.

"있으려나— 있으려나—. 1층에는 있다고 했었는데."

메이플이 가게를 하나하나 돌며 상품 목록을 확인해 간다.

그리고 가게를 둘러보기를 1시간.

메이플은 소지금을 잔뜩 써서 수많은 아이템을 사들였다.

"좋아. 이것저것 준비했으니까, 도움이 될지 잘 모르겠는 것도 있지만……. 내일 또 도전해 보자!"

마지막으로 인벤토리에 가득 채워진 아이템을 확인하고, 메이플은 로그아웃 하여 현실세계로 돌아갔다.

〈6권에서 계속〉

후기

언제나 그랬듯 가장 먼저, 지금까지 계속해서 책을 사 주신 분께 감사를. 그리고 관심을 가지고 처음 집어 주신 분께는 이번 기회에 읽어 주시면 감사하겠습니다.

안녕하세요, 유우미칸이라는 사람입니다.

빠르게도 『아픈 건 싫으니까 방어력에 올인하려고 합니다.』도 5권째, 1권이 나오고 나서 벌써 1년이 넘게 지났습니다.

책으로 만들어지고, CM이 만들어지기도 하고, 만화판이 시작되기도 하고, 여러 일들이 있어서 1년이 금방 지나가 버린 것처럼 느껴집니다.

하지만 마음은 1년이 지나도 변함없이, 조금이라도 좋은 것을, 그리고 좋은 소식을, 읽어 주시는 분들께 전하고 싶다고 생각할 뿐입니다.

자, 이렇게 1년이 지나갔는데, 이번에도 또 좋은 소식을 전할 수 있어서 기쁘게 생각합니다.

네! 현재 『방어력』 애니메이션화 기획이 진행 중입니다!

1년 전의 자신에게 들려줘도 믿지 않을 것 같은, 아니 지금도 믿기지 않지만, 여러분이 응원해 주셔서 여기까지 올 수 있었습니다. 정말 감사합니다!

더욱더 메이플과 모두의 매력을 전하는 것이 이렇게 저에게 더할 나위 없는 기회를 주신 여러분께 은혜를 갚는 게 아닐까 생각합니다. 애니메이션 제작까지 오니, 어떻게 은혜를 갚으면 좋을지 모를 정도지만…… 분명 작은 일부터 하나하나 해야겠지요.

자 그럼, 5권에서도 새로운 좋은 소식을 또 하나 알려드릴 수 있었다는 것으로 『아픈 건 싫으니까 방어력에 올인하려고 합니다.』 5권을 마무리하려고 합니다.

수많은 기회를 주신 많은 분들께 감사를.
그리고, 또 좋은 소식을 전할 수 있기를 바라며.
그럼, 언젠가 나올 6권에서 만나기를 기대하겠습니다!

유우미칸

*일본어판 출간 당시의 정보가 있습니다.

아픈 건 싫으니까 방어력에 올인하려고 합니다. 5

2020년 01월 20일 제1판 인쇄
2020년 02월 28일 제2쇄 발행

지음 유우미칸 | **일러스트** 코인

옮김 박수진

발행 영상출판미디어(주)
등록번호 제 2002-000003호
주소 21311 인천광역시 부평구 평천로 132 (청천동)
전화 032-505-2973(代) | FAX 032-505-2982

ISBN 979-11-6524-098-1
ISBN 979-11-319-9451-1 (세트)

ITAINO WA IYA NANODE BOGYORYOKU NI KYOKUFURI SHITAITO OMOIMASU. Vol.5
ⓒYuumikan, Koin 2018
First published in Japan in 2018 by KADOKAWA CORPORATION, Tokyo.
Korean translation rights arranged with KADOKAWA CORPORATION, Tokyo.